那個年代 這些惦記

我和他們的
相遇與交會，
還有留下的故事

秦嗣林

自序

寫這一本書是幾十年來的一個願望，源起於我生長在一個矛盾的時代：從小長輩所灌輸的大陸思維、北地風俗等和當時我在同儕之間所見聞的常常是南轅北轍；比如平日家中出入的叔叔伯伯來自天南地北，不僅鄉音不一，職業更是天差地遠；有讀書人、有當兵的、有挑水肥的，還有做官的，讓家裡每天晚上猶如聯合國辦事處。印象很深刻的是，每逢過年過節的習俗也都與同學們有一些差異，比如我家的過小年是臘月二十三，而台灣同學家裡過小年則是臘月二十四。

等到開始上小學後，我才發現原來本省籍的同學生活十分單純，人際關係不似我家複雜，日常生活自有一份溫馨的方式，他們的親友幾乎多住在附近，來往十分密切。而反觀在我們家出入的人，大多在稱謂上都有一個「表」字，什無「二表叔」、「三表舅」、「小表嬸」等，幾乎沒有直系的親屬。後來母親給我啟蒙時，我才發現有一個遙遠的地方叫做「山東」，那裡有許許多多人跟事與我們家緊緊相連。

那是一個觸摸不到卻縈繞周遭的世界，每次聽到父母說起那個世界的事，我臉上總是流露無限的迷惘。當時的我時常弄不明白，為什麼關係如此密切的親友，卻生存在遙遠而不可觸及的地方？

而當我小學一年級學會注音符號時，不識字的母親顯得特別興奮，原因是她急欲要我幫忙寫信與大陸的親人聯繫，雖然她並不知道注音符號並不是漢字，但是一有空，便會急忙拉著我給遠在夢幻裡的舅舅、姥姥寫信。我一面懵懵懂懂地聽，一面盡全力拼出她殷切中想要傳達的內容，只是她所說的一些地名、人名我都沒聽過，而她要詢問的內容也多是跟那個地方息息相關，例如，某塊地的收成、某廟會的慶典、某親友的近況等無所不包，我常常皺著眉頭問：「哪個村？字怎麼寫？」。更要命的是一些七、八十歲的長輩聽說我會寫信，統統跑來找我，這下子牽涉的內容更複雜，最後有時連我都搞不清楚自己到底寫了什麼。不過不變的是，寄出的信永遠石沉大海，我常覺得彷彿在向外太空投書。

就這樣，我一路慢慢地寫到四、五年級，等到可以用真正的漢字表達母親和親友的思念時，奇異地竟然也開始收到了遠從新加坡、美國、日本等地輾轉寄來的回信。母親和幾位老太太激動地撕開信封要我一字一字念出來，那些彷彿來自外太空的消息成了眾多老人家最企盼的時刻。老家的農地原來被生產大隊沒收了、廟會早已經停辦、家中的牲口因為鬥爭都分給了別人等，我每念一句，長輩就掉一次淚。那時我才懂了，原來他們殷切期盼的世界是真實存在，雖然當時的生活平靜而單純，不過他們的內心總有一片翻江倒海的糾結。

中學時，我看了《異域》、《代馬輸卒手記》等書，到同學居住的眷村裡玩耍，發現各個眷村裡的環境都差不多，他們一樣上演著與世隔絕的故事，原來這些叔叔伯伯成天掛在嘴上的豐功偉業不是吹牛，只是留在到不了的世界，我心中不斷地問：「為什麼他們要丟下一切跑到台灣來？」

等到我當兵時，部隊裡許多外省老兵繪聲繪影地說起當年的國共內戰逼得他們四處逃竄，為了求生糊里糊塗地擠上超載的軍艦，在海上餓得氣若游絲，上岸之後才知道正踩在一塊未知的土地上；而面對同一個時代，本省籍的同袍卻述說著不同的故事，日治時代家中的長輩被拉去當軍伕，從此音訊全無，還有日本警察的嚴苛與無情等。

有一回，我去一位軍中同袍家裡作客，發現他的母親少了一隻手，聊天時才知道她讀書時被校方帶去嘉義修建機場，第一天就遇上美軍轟炸，不幸被炸斷一隻手，他的母親還安慰我說：「少一隻手是幸運的，有許多人少了一條命。」至於那些國民政府來台後的悲慘往事，二二八事件、白色恐怖等悲歡離合的故事，常常都是大夥兒酒後茶餘慷慨激昂的話題。

一直到了我三十歲左右，兩岸終於開放探親，許多少小離家的遊子終於滿心歡喜地回到了老家，但卻又上演著另一齣世事無常的悲喜劇情。有些被親人騙盡家財，受虐而死；有的人全心期待一家團聚，卻發現親人早已去世；那一些曾經叱吒風雲的人，再也沒有回到舞台中央的機會。

那個台灣解嚴、大陸開放的年代，華人世界像歷經驚天動地的變動，彷彿上天的手在麻將桌上洗牌，把東南西北風洗個混亂，要凡人設法重新組合，用數十年的餘生胡出一手牌。為什麼長輩常把「平安是福」掛在嘴邊?因為生活經驗教訓他們，千金易得，平安難求，活著就是最好的祝福。

一九四九年，中國國民黨輸掉了國共內戰，輸掉了大片江山，也破碎了無數家庭。許多人匆匆揮別親人，跟著國民黨部隊撤退到從沒聽過的小島，期待生聚教訓之後，總有一天反攻大陸，與家人重聚。幾十年過去了，返鄉的渴望取代了反攻的熱血，他們在台灣這塊土地重新建立自己的家，也日夜期盼著回到魂縈夢繫故鄉的那一天。這些血淚斑斑的故事都發生在我這一代，而這種因為戰爭所造成的悲劇，我也衷心希望能永遠消失在人類的歷史中。

回顧台灣的近代史，有外族入侵、同族相殘、有人禍、有天災……但是同時卻也充滿了包容、憐憫、努力、勤奮、創意等正面的能量，這四百年來交織成不一樣的台灣，她被稱為「寶島」不單是因為好山麗水，更是由於來自不同文化的人經過無數的激盪，終能凝結為絢爛瑰麗的寶島文化。

近五十年來我們遠離了戰爭的侵擾，經過民主改革的風風雨雨，提煉出新的台灣新生命。同時此刻新移民也正不斷的融入台灣文化，在這個地球的海角一隅能上演這麼多動人故事，是上天賜予的福氣。

紐約之所以能成為世界知名的大都市，正是因為紐約成為各方文化的熔爐，去蕪存菁之後，表現出了人類文化最璀璨的一面。所以在紐約有看不完的文化風采，數不盡的族群特色，這些統統代表紐約的文化，也是紐約人的驕傲。

日本的明治維新結合儒學跟西方文化，帶動日本進步；在中國的歷史上來說，漢朝、唐朝到清朝的民族融合，都產生了新的氣象，反觀刻意講求封閉的朝代反而都是最黑暗閉塞的時期。

因此，任何一個民族經過融合之後都能往上提升，這是歷史的普遍現象。現在的台灣人以熱情、禮貌、勤奮、充滿理想而聞名於世，這些特質誰又能說不是因為多年的苦難與包容所造成的呢？

老天爺注定要讓台灣這塊土地產生一些五彩繽紛的成果。本書裡面的人物多半是出現在我身邊的親友，他們可能不是什麼呼風喚雨的達官顯貴，只是歷史洪流中名不見經傳的小人物，遍布在台灣寶島各個角落。但他們並不只存在於過去，也會存在於未來。

我希望藉著簡單的文字，一方面記錄他們生存的軌跡，讓流離失所的靈魂得到祝福；一方面也以過去的故事，鼓勵生活在台灣的同胞，摒棄分離彼此的內心戰爭，珍惜現在，挑戰未來。只要是愛這一塊土地的人，這塊土地就是屬於你的。

特別說明，本書的所有故事皆真實曾發生在過往的時光裡，但是為了避免大家的聯想與猜測，因此刻意將人名與地名做了一些更動，希望不會另起漣漪。同時，有些故事因為時間長遠或多係長者口述，記憶與事實難免有些出入，也懇請讀者賢達惠予指正。

目次

第2章

離散的年代，未完成的告別

第一章

轉身之後，回首之前

哭江••

這次再來到上海是一個月前就約定好的行程，因為母親的辭世原本打算取消，但突然念頭一轉，想再看看「黃浦江」一眼，當作代她向這條苦難的河告別。

車從浦東機場疾馳在快速道路上，本來想要求駕駛先生開慢一些，但就在上去「浦東大橋」時車速逐漸慢了下來，「前頭堵車了！」司機先生無奈喃喃自語。我轉頭從車窗望去，蜿蜒的黃浦江就在眼前。

那天，我母親守翠帶著疲憊不堪的爺爺、大哥嗣傳、來宗哥四個人拚了命從載浮載沉的風船（帆船）跳進江裡，再爬上了沙灘，十里洋場五光十色的燈火照亮了遠方的夜空，四個暈得昏頭轉向腹飢難忍的祖孫，眼睛裡只有莫名的恐懼。遠從山東來到這個大城是為了找我父親的，那是一九四八年的秋天。

上海，遠東最大的城市。清末時因列強租界而發展出充滿西方風格的都市景觀，也是當時中國最現代的城市。在英租界裡有條著名的大馬路「黃樹浦路」從外灘延伸向蘇州河，全長近三公里。路中間有上海最早的電車穿梭行駛，連繫了工業與商業中心。

老爹到上海是來享福的，他從青島隨著國民黨青島市黨部一起轉進到這個大都市裡，生活上一點國破家亡的味道也沒有，反倒每日裡吃香喝辣一掃在青島餓得前胸貼後背的陰霾。撇開了老父親及一大家口子來到這人間樂土，著實輕鬆了起來。首先大大方方找過去生意上的熟人安頓就食，反正也不缺副碗筷，幾個月前那種「殘粥酸飯」想起來令人作嘔的日子總算熬了過來。另外，上海的各種插畫小說唾手可得，每天浸臥在風花雪月的書堆裡，也暫時忘記了多年來震耳欲聾的槍砲聲。

但母親卻是一到了上海就操持起了舊業「要飯」（乞食），這也是一路上能夠捱著到這裡的方法。不過跟在青島不一樣的是，在上海出門前要先抓把鍋底煙灰抹在臉上，因為難民棚裡繪聲繪影地流傳著「鬼子的惡行」，娘想起了當初日本鬼子清鄉的經驗，於是乾脆先把自己給偽裝起來。每天一早，她都會從幾百人蝸居的難民棚裡起身外出，日復一日。

到上海的時候，來宗哥發起了疹子連帶也燒了起來，因此母親便背著因為額頭高熱未退而沉沉熟睡著的來宗哥上街，她手上提著破瓦罐，嘴中念叨著：「大爺、大娘、逃難到這兒、賞口飯吃。」在冷洌秋風裡開始了沿街乞討的一天。

近午，母親就會提著裝滿殘羹剩飯的瓦罐匆匆趕回難民棚來，背上仍是高燒未退昏沉不醒的來宗哥。先把孩子交給爺爺抱著，再從懷裡掏出沿路拾到的枯柴放進幾塊磚支起的「灶」上，引火熱飯給全家餬口。

下午時分，則輪到大哥嗣傳出門「工作」，一群五、六歲的孩子們由大一點的領頭往商業區乞討。運氣好還能「弄」到幾張鈔票，一家人會如獲至寶悄悄藏了起來。但大多數時間因孩子們貪圖玩耍誤了正事，只能空著手回來。在寒冷漆黑的難民棚裡每天上演著打孩子出氣的戲碼，藉由孩子的哀嚎聲紓解無邊的絕望。

「小臭他娘，小臭他爹找到了！」某天，棚裡像炸了鍋似的有人奔相來告，母親聽了立即抓著人不放打聽正確的內容。原來父親陪著山東省黨部秘書視察難民營，給人認了出來。不過當他聽說老父、妻子都在難民營裡時，眉頭不由得皺了起來，甚至冷訕訕地不發一語，不肯相信。

等到母親從人群裡撲了出來，他的第一句話是：「不是叫妳回老家等我回去嗎？把咱爹帶來這兒送死嗎？」一邊說著一邊抬腿向她踹了過去。大夥鄉親急忙勸阻，老爹也想起老父親近在咫尺所以不敢怠慢，連忙走向髒亂擁擠的難民棚。

其實跟所有的「轉進人士」一樣，父親一直深信「八路軍」*不成氣候，只消一、兩年必定土崩瓦解，因此在離開青島時交代妻子攙老父及幼子返回日照，自己的打算是家人與其在外乞討為生不如回日照老家，起碼左鄰四舍的老親世誼，不至於不肯方便周濟，至於自己則跟著政府哪裡死了哪裡埋倒不怎麼在乎。這幾個月他在上海的這段時間，看著每天因飢餓、疾病死亡的難民數以百計，市政府的臨時運屍車不敷收拾，只好任由難民棄之江上，泛黃的江面上幾百具屍體隨潮水晃盪漂浮，這種生死並存的恐怖情景不由人不極謀苟且、只為能偷生一時。

不過，現在父親又回到了為人子的地步，為了不給朋友為難，主動辭行回「棚」照應老父幼子。幸好當時在上海的朋友慷慨贈給了一車竹桿，於是父親與幾個老鄉便在電車軌道間搭起了一間竹棚，當時難民營的山東侉子們都稱這座竹棚為「大屋」，舉凡會議、通消息，閒嗑牙都會聚在大屋活動，一時群英畢集另有一番氣象。

父親自然是不肯出門「要飯」的。加上每天川流不息的同鄉，母親的工作加重了許多，早上出門，落日才歸，但小小的要飯罐難以滿足全家的口腹，眼見孩子們面黃肌瘦兩眼失神，她知道得另謀生計了。

來到上海兩個多月，每日沿街乞食讓母親漸漸摸熟了路線，不再像初來乍到時常常掉巷迷路。有一天，母親經過一個大院，這個大院看起來像某機關的公館，每次想進去討飯總被門上的守衛大聲斥喝不得其門而入。但今天卻有些巧合，一輛拉水的馬車正好通過大門，她閃身在馬車輪子的一側悄悄地隨著水車進了大院。

她逐一地敲門想得點食物，然而整座大院不知為什麼，竟然空無一人？正在失望之際，突然三樓傳來了淒厲的哭泣聲，母親好奇地上樓查看，發現三樓有一家的門是半敞著，哭聲正是從門縫傳了出來。

＊全稱「國民革命軍第八路軍」，為抗日戰爭時期，中國共產黨領導的軍隊。

母親探頭問了一聲，裡面忽然靜了下來，約莫幾分鐘出來了一位淚跡猶在的婦人，她開口用道地的上海話說道：「儂是誰？做什麼的？」娘將來意表明後，婦人沉吟了一會說道：「儂會洗衣不會？洗得，我給儂一些米。」

母親來上海每天在街上要飯，這幾句話是聽得懂的，急忙點頭如搗蒜般的答應著。至此，娘得到了生平第一份工作，正式上起班來了。

家裡第一次有生米煮成的乾飯可吃，連病懨懨的來宗哥都開心地拍起紅通通的小手說：「娘，這味兒真香呢！」整個難民棚的人有一半全圍在大屋外邊嘖嘖稱羨，這一天，是咱們家逃難以來唯一開懷團圓的一天，也是一九四八年的除夕夜。

隔天一早天還沒亮，母親突然被來宗哥的呻吟聲給驚醒了，只見他原來燒得發紅的小臉已沒了一絲血色，兩隻眼睛翻白，四肢像打擺子般抽搐著，全身就只有胸口還有些溫度。她急了，抱著來宗哥衝出了難民棚朝著印象中的醫院方向奔去，沿路大聲喊著：「來宗，快醒醒！娘買糖給你吃！」淒厲的乾嚎聲劃開了濛濛的夜色。

「先去前面繳十塊大洋再來看大夫！」

到了急診室，不管母親跪在地上怎麼哀求，站在門口的大漢就是不肯讓一步，看著急診室外滿坑滿谷的病患面無表情地重複著這一句話。

母親急瘋了！抱著四肢垂吊的孩子蹣跚地走在南京路上，見人就哭嚎著：「大爺，行行好！救救我這孩子吧！」然而面對一張張冰冷的面孔，母親徹底地絕望了：「我苦命的兒啊！」大馬路上，撲臥在人行道上。

「這個女人，妳還好嗎？」不知道過了多久，在一陣急促的按摩及催叫聲中，母親的意識才漸漸清楚過來。睜開眼一看，四周全是穿著奇怪黑色衣服的洋人，這些人戴著黑色的帽子，操著生硬的華語關切地問著。一低頭，驚覺身邊的孩子不見了，立刻站了起來，領頭洋人知道她為什麼恐慌，於是便領著母親到一處高大寬廣的房子裡。

一進門，就瞧見蒼白近乎冰冷的來宗哥正靜靜地躺在正前方的大桌子上，旁邊有幾位洋人護士，還有位滿頭白髮的老洋人耳朵上正掛著聽診器在來宗哥的身上聽診，不過，他卻是一臉的無奈。接著，悄然無聲的屋子裡，一聲「哈利路亞」宣告了娘倆俗緣的結束。

來宗哥是死在爹的懷裡的，當那微弱的最後一口氣劃過他的腮邊，這個從來不掉淚的硬漢哭了出來。雙手緊拽著來宗哥身上的破棉襖，任人再怎麼勸就是不願撒手。

這天半夜裡，爺爺抱著僵硬的屍體由嗣傳哥領著走向黃浦江，背後是娘聲聲不捨的哀嚎。踩在冰冷的江水裡，這個一輩子只知道畏天敬祖的莊家侉子舉起了孩子喃喃地說道：「天爺，孩子給你，留條活路給俺吧。」看著漸漸漂流消逝的身軀，嗣傳哥邊跑邊大喊著：「來宗，記得再回來啊！」

車在橋上走走停停，一晃眼已經過了六、七十個年頭了，此時望見遠處外灘上櫛比鱗次的高樓，江上匆匆過往的船隻，再也沒有一絲悠遠的哀愁。時間帶走了爺爺、爹及來宗哥，如今更帶走了曾經趴在外灘上要飯的娘。今天停在江上佇留，那悲傷的往事如風般徐徐掠過。「來宗哥，娘又回到你的身邊了。」我輕輕地說。

「當我每天到江邊哭一場的時候，小來宗的屍體就悄悄地漂了過來，連續幾天都不肯去。」即使在多年之後，母親每每只要想到那段泣血的日子，仍然會淚流滿腮。「多虧了那些洋嬷嬷（修女）的幫忙，但你來宗哥終究還是死了。」

那個爹眼裡最聰明的小把勢（小男孩），張開兩手臂不讓人鬥爭娘的孩子，在那個動盪飄搖的年代，獻給了黃浦江。

大漢奸

我的姑父林陽山先生出身日照縣二里河村，家族自清朝起便算是書香門第，他的求學過程挺順利，從青島中學畢業後順利考上濟南大學，就學時深感國家貧弱，於是加入了國民黨，也結識了許多共產黨的朋友，成了國共兩黨的支持者。

他跟我姑姑從小訂親，約莫二十歲時成婚，不過新婚沒多久便遇上了抗日戰爭爆發，學業被迫中斷，夫妻倆輾轉至河南避難。當河南淪陷之後，兩人又逃回日照縣。不過，一回鄉後就被日軍給逮住，日本人看他學識背景還不錯，而且家族在地方上頗有影響力，硬逼他擔任山東日照維持會的副會長。

這下可讓他傷腦筋了，要是答應了，可就成了萬人唾棄的漢奸；不過若是拒絕了，難保腦門上不會立刻多了個洞。林陽山認為好死不如賴活，再者他心裡也盤算著，若在共產黨和國民黨的雙重身分掩護之下，暗地發展情報組織，對民族大義總有幫助；而另一方面來說，其實維持會也算是維持故鄉治安的機構。因此幾經思索，林陽山咬著牙接下這個職務，經過不斷地努力，成為在日本憲兵隊裡說得上話的人物，藉機搭救了不少抗日分子。

好比我有一位擔任國民黨地下工作人員的舅爺爺，某一天他偽裝成中藥商，領著一隊騾車企圖闖進城，不料碰上日軍在城門口設下臨檢哨，當場在中藥材裡被抄出了三把手槍、機密文件以及一面國旗，因此整個商隊的人馬全數被押進獄中嚴刑拷打，終於有人耐不住酷刑，供出我舅爺爺才是主謀。

此話一出，大難就落到了舅爺爺上頭，日本憲兵隊一連搬出老虎凳、拔指甲、撒鹽巴等狠毒手段，逼舅爺爺說出背後主使。饒是舅爺爺被折磨到兩條腿都被打斷了，依然死撐著不吐露實情，憲兵隊眼看逼不出個結果，決定槍斃以絕後患。

舅爺爺的家人一得知此消息，火速拜託林陽山設法救人。林陽山抓破了腦袋，最後說服了一位煙花女子使出渾身解數色誘日本憲兵隊的隊長，在枕邊向其大灌迷湯，趁機替舅爺爺求情，表示舅爺爺乃是遭人陷害的老實藥商，希望隊長高抬貴手云云。在春光旖旎之下，隊長樂呵呵地答應放人，舅爺爺這才僥倖撿回一條命。

在維持會幹部身分的掩護之下，林陽山確實救助過不少共產黨與國民黨的密探，甚至據說國民黨的情報頭子戴笠也曾在他提供的情報下躲過日軍的追查。林陽山與汪精衛一樣，選擇跟日軍合作代替對抗，以減少同胞的犧牲，不過此舉很多人仍是無法認同。雖然他救了不少人，但是總有力有未逮之時，常常得含淚批示處刑，葬送無辜的性命，到後來，救下來的外人多半不知，可是沒救到的全算在他的頭上，每次回到自己村裡時，還得忍耐鄉親鄙視的眼光，甚至連我的父親也瞧不起他，林陽山有苦說不出，只能在夜裡暗自掉淚。

不過，日本憲兵隊十分倚重林陽山對日照地區社會跟政治的了解，也非常信賴他，因此林陽山也運用此一優勢，曾親筆寫信給日軍的軍團長，請求軍團長約束手下，希望可以減少無辜百姓的傷亡。文情並茂的文筆打動了軍團長，果真命令士官兵避免濫殺無辜。

因此八年抗戰期間，日照所受的侵害少於其他地區，林陽山甚至還獲頒日軍的動章，稱得上是赫赫有名的「大漢奸」。等到日本投降之後，國民黨接收日照與日軍遣返的相關事宜，均由他出面安排，當時許多為虎作倀的漢奸均被捕槍斃，不過國民黨還特別派出專人保護林陽山的身家安全，讓他安然度過政權轉移的時期。

但是太平日子沒過太久，兩、三年後國共內戰開始，共產黨攻進日照城，林陽山與多名國民黨分子均被捕下獄，等待處刑之日來臨。在獄中的自白書他詳細地寫道，當年就學時，透過同學表達對共產黨理念的認同，後來周恩來曾親筆寫信給他，鼓勵他日後與共產黨一起努力改造中國，只因戰爭顛沛流離，信件早已遺失。共產黨的幹部看得半信半疑，但若是真的錯殺也不妙，於是趕緊拍電報至延安確認。就在所有死囚被押至刑場之際，延安終於回電確認了林陽山的身分，他總算是大難不死。不過，共產黨依舊對他的言行嚴密監視，形同軟禁在家。

可是共產黨解放日照的半年內，不斷進行土地改革，許多地主、國民黨份子等紛紛出逃，能走的幾乎不會留下，只不過待在家鄉的親友可就遭了殃，輕則批鬥抄家，重則挨揍判刑，整個日照城鬧得天翻地覆。在外避難的日照居民得知親人遭逢不測，氣得眼睛要噴出火來，決議集資成立還鄉團返鄉討回公道。

其中有一位老鄉長把青島的地賣了兩萬塊大洋，大張旗鼓招募壯丁，凡是願意參加還鄉團的，每人發五十塊現大洋、一支步槍以及二十發子彈，光是他的聯隊就招募了一百多人。另外他們還收買了一個國民黨的營長，由整個營的兵力打頭陣，後頭跟著一群扛著槍的憤怒鄉親，浩浩蕩蕩地還鄉算帳。

由於日照駐守的共產黨兵力不足，雙方一交戰，共軍立刻退敗，還鄉團順利收復日照城，這是國共內戰歷史上少數被共軍解放又被國軍光復的地區，稱為「還鄉團事件」。

還鄉團入城之後，這下子換成親共分子下場悽慘，每天都有報復性的傷亡發生，林陽山再次難逃磨難，他被判以匪諜的罪名。不過，他這回在牢裡同樣寫了一封信給國民黨中央，文中詳列他在抗戰期間營救過的黨內同志，甚至有一次獲悉日本軍的進攻路線，自己排除萬難將訊息傳遞至諸城縣的國民黨地下基地，讓國軍免於一場惡戰云云。獄方將電報拍至黨中央，就等著上頭回覆。

至於我父親回家之後，先確認家中全家平安，然後再到我姥爺和姥姥（外公和外婆）家請安，阿姨知道我父親平日廣結善緣，在日照頗得人望，立刻跪在地上求我父親趕緊保出林陽山。

父親安慰阿姨說：「以前大家誤以為他是漢奸，後來都知道他救了不少人，而且他不是拍了一封電報嗎？肯定沒問題的。」可是阿姨還是不放心，一個勁兒地催促我父親：「人命關天，林陽山就關在離村口不遠的營子（軍隊駐紮之處），你現在就去吧。」父親拗不過阿姨，於是出門保人。

沒想到才剛走出到村子口，就遇上另外一批還鄉團的人。這群人剛宰了一頭豬，打算大吃一頓慶祝光復日照縣，一群人見到我父親，死拽活拖地要他一同喝酒吃肉，我父親心想反正營子離村口不過兩公里的路程，大不了吃完飯趕一趕就到了。於是腳下拐個彎，跟著大夥兒同樂，他心情一放鬆，喝得不勝酒力，最後竟迷迷糊糊地睡著了。

等到天還沒亮，父親突然驚醒，心想：「壞了！還沒去保人！人家交代的事情可不能開玩笑！」立刻拔腿奔向營子。

才剛跑到營門外，就看到石臼所的屠戶馮繼貴晃晃悠悠地走了出來。馮繼貴殺豬殺了一輩子，生意做得挺大，共產黨來了之後他跑到青島，後來跟著還鄉團回到家鄉，專司劊子手，為了不浪費子彈，他全部都用刀殺人，一天殺上幾十個人也面不改色。照理說，馮繼貴不需要這麼早工作，可是他當天想早點回家休息，於是不到五點鐘便提早到了刑場，一口氣殺了十六個人。我父親一看到馮繼貴心中一凜，再仔細一看，他的頭上戴著一頂禮帽，胸口插著一支鋼筆，瞧著有點眼熟，正是林陽山的東西，父親雙腿一軟，顫抖著問：「人呢？」

「剛殺。」

「不是要等電報嗎？」

「電報沒來啊。」

父親撲通一聲暈倒在地，醒來之後昏昏沉沉地走進營區，才發現電報剛剛送到，上頭表明林陽山不是漢奸，可是為時已晚，林陽山躲過好幾次殺身之禍，這一次卻救不了自己。為此我父親懊喪萬分，無顏面對姥爺一家人。

綜觀林陽山的一生，每個階段他都努力在各方勢力的夾縫中求生，可是他的歷史定位依然充滿爭議，有人視他為親日漢奸，有人認為他是國民黨的諜報人員，也有人認為他是共產黨的騎牆派，所以他一直沒有獲得正面評價。

除了自身的下場悽慘，他的太太、子女等親人多半死於非命。戰亂之中，人命賤如草芥，即使林陽山做了再多的努力，依然無法在大時代的動亂中倖免於難。

來義發家

我的老家在山東省日照縣的前團嶺埠，那是一個典型的北方小農村，前後只有兩百戶人家，村民平時種一些雜糧、小麥為生。村子裡一定有富人和窮人，家裡有土地的就是有錢人，沒地的只能當佃農，而全村勉強可以稱得上富一點的只有一、兩戶人家。綜觀全村，家家戶戶都姓秦，只有一戶從外地來的長工姓楊，所以前團嶺埠可以稱得上是一個秦氏家族的農莊。我的爺爺便是在這樣的一個農村裡成長，一輩子認分地當個佃農。

不過我的奶奶可不一樣，她出身海港石臼所，原本是一位知書達禮的大家閨秀，按理說不可能下嫁到農村。只因為我的外曾祖父因誤交惡友在一晚豪賭後，把他家傳的殷實家業給輸光了。外曾祖父債台高築，為了還債，只好走賺聘金的門路，將我奶奶嫁出去。

我爺爺從小窮困，大字不識得一個，但是工作得勤奮，當他聽說三十塊大洋就能將城裡的姑娘娶過門，左思右想，便決定拿出一生的積蓄當作聘金。我奶奶不敢違背父母之命，只能認分地與我爺爺一起過日子。

但是奶奶性格精於算計很會過日子，積得一點錢後總會先打聽哪一塊地的收成比較好，先承包作佃戶再設法買下，加上她生活節儉，一塊錢看得比一個臉盆還大，因此日積月累下來也攢了不少錢，這些錢都沒捨得花，統統存在廂房裡的大缸裡。

因為家道中落，奶奶的兩個弟弟從小就在從事穀物買賣的西公順商號當夥計，老闆姓劉，待人非常苛刻，我的大舅爺爺生性逆來順受，勉強能適應在西公順的工作；不過我的小舅爺時來義可不一樣，一來他年輕氣盛，二來過去當少爺的驕氣一時改不過來，無法忍受劉老闆的頤指氣使，某次因細故跟老闆大吵一架，索性辭工回家。親友知道了，紛紛勸他說：「你這麼衝動怎麼行？家裡的老婆和孩子怎麼辦？」

這些話讓時來義的情緒降溫了不少，他冷靜地想，許多穀物都是從南方北運，於是到處打聽怎麼可以到南方做生意，只見大家異口同聲地說：「連雲港一帶販貨有利可圖，只不過沿路土匪橫行，像抱犢崮*就是有名的土匪窩。」因此雖然大家都知道這是條發財的路，但是想賺錢的膽子不大，膽大出發的命又不大，往往落個人財兩失，導致南北貨沒辦法暢通。

只是時來義左思右想後，仍決心走一條自己的路，抱定主意要前往南方的連雲港做生意。

不過，創業總要準備資金，時來義一下子就想到我的奶奶，連夜趕到了前團嶺埠開口向我奶奶借兩百塊大洋。我奶奶問他：「要做什麼？」

「往南方辦貨。」

「什麼？這可是殺頭的生意！」

「原先我在西公順做事生不如死，一點地位都沒有，還不如自己當老闆，我有信心，一定能成。」

奶奶尋思這個弟弟叛逆成性，這一次辭工已經惹得鄉親議論紛紛，在鄉裡早沒有地位了，不如讓他出去闖闖，於是答應說：「好，不過我不知道存了多少積蓄，兩百塊不敢說，但是應該還有幾十塊大洋，我先算一算。」

奶奶進了廂房，揭開攢錢的缸蓋，一塊一塊地數，說也奇怪，不多不少正好兩百塊。過去民智未開，每當遇上醫療、教育或是未知的事物，往往求助於狐仙。奶奶尤其迷信，這一次的巧合，讓她更相信冥冥之中是狐仙要時來義出外經商，於是二話不說，兩百塊大洋全數借給她弟弟。

第二天，時來義連夜捆好包袱，丟下老婆孩子，一個人離開了。

其實時來義還沒琢磨出該賣些什麼，只知道往南走才有機會，可是沿途土匪多，其中一位殺人如麻的刀疤王六更是令人聞風喪膽，要是落在他手裡，不只被洗劫一空，連命都得賠上。時來義孤身一人身懷鉅款實在危險，於是他想了一個主意：先買一輛小推車，上頭載著一堆麥麩和簡單的行李，身上只留幾個銅板，其餘的資金全數藏在小車的輪軸裡，從外表看來，跟一位運送糧食的尋常商人無異，時來義就這麼輕鬆上路了。

這一天，他經過刀疤王六的地盤，果不其然，路邊倏地竄出幾個土匪，二話不說將

＊現山東省棗莊市東北約二十公里處，山嶺綿延，如今規劃為國家森林公園。

他五花大綁，拖回山寨拷問。土匪一面用刀背揍他，一面逼問錢藏在哪裡？時來義被打得呼天搶地，但是他知道說出藏錢之處，小命肯定不保，於是推說自己剛剛離鄉，根本沒帶什麼錢云云。為首的發現逼問不出結果，啐了一口說：「奶奶的，宰了他。」

只見小嘍囉轉過刀鋒，正要來個手起刀落，時來義心中一涼，知道自己將命喪於此。正在生死關頭，他突然靈光一閃，猛然想起小時候曾有鄉民說刀疤王六的母親曾住在日照，論輩分應該是時來義的姑姑。於是他脫口喊出：「別殺我，王六是我二哥啊！」

幾個土匪一愣，手上的刀停在半空中，為首的半信半疑地問：「你怎麼叫我們總瓢霸子二哥呢？」

「我……我和他的母親是日照同鄉，該叫她一聲『姑姑』，算起來王六是我表哥。」

幾個土匪你看我我看你，拿不定主意，於是派一個人向上稟報，王六聽了也納悶：「奇怪？我沒有這一號親戚啊？」不過有道是「一表三千里」，雖然他心狠手辣，但是還算是個孝子，萬一殺錯了人，對母親可不好交代，於是王六決定向母親問一問。

老實說，時來義與王六的母親根本八竿子打不著，不過老太太很早就被接到山寨裡，平常連個說話的對象都沒有，鎮日思鄉情切，這一回聽說外頭來了一個同鄉，馬上大喊：「有有有，我印象中見過這麼一個姪子。」

只見幾個土匪七手八腳地把時來義拖到老太太面前，老太太問：「你姓什麼啊？家裡有哪些人啊？」

「我姓時，住在石臼所，家裡的長輩有某某某……」時來義據實以告，老太太瞇著眼睛想了想，以前在家鄉真的聽過這幾個名字，親近感油然而生。老太太又問：「怎麼跑到這裡來了？」

「我打算去南方做生意。」

幾次的對答下來，老太太對時來義愈來愈滿意，最後轉頭對王六說：「沒錯，他是我們的親戚，你不可以動他。不但不能動，人家要去外面做點小生意，你有沒有什麼可以幫忙的？」

這下王六莫名其妙多了一個表弟，心裡直犯嘀咕，但是母命難違，他歪著頭想了想說：「我什麼也幫不上，不過上禮拜搶了一車運往南方的菸土，反正我不抽大菸，乾脆這一車菸土都歸你吧，另外再派兩個人沿路幫你推車。」

前一刻命要歸西，這一刻忽收大禮，時來義簡直不敢相信自己的好運，趕緊謝過老太太和王六，帶著兩個嘍囉和一大車菸土，直奔南方的連雲港。

一路上遭遇的凶險與困難不在話下，但是時來義總能憑著機智和沉著逢凶化吉，同時也結交了不少五湖四海的朋友。他在德州把菸土賣了大約兩千塊大洋，可是開心不了多久，當天夜裡過江時就有七、八個江匪給摸上了船，手中提著亮晃晃的鋼刀，一下子架上時來義的脖子，威脅他把錢交出來。

只見時來義不疾不徐，自稱是山東某軍閥的採辦，正要去南方採購。江匪見他態度從容，好像真的見過不少大場面，氣勢上不自覺矮了一截，他們問：「你有證件嗎？」

「沒有。」

「沒證件？你去南方要幹嘛？」

「買武器準備打仗。」

沒想到江匪一聽，竟將刀子放下告訴他：「既然如此，你也幫我們買幾把火槍，等你回程交貨時我們再給錢。」這隨口一謅，又讓時來義再逃過了一劫。

而在輾轉抵達連雲港以後，時來義記起日照只產小麥不產米，心想：「若可以帶些米回去，肯定可以大賺一筆。」於是便專程再前往上海，採購一船的白米，準備運回石臼。只是回程再經過連雲港碼頭時，原本是預計短暫停留後就直接轉往日照，但時來義卻偶然聽說日照縣的前任縣長在連雲港被捕下獄的消息。

他回想過去還在西公順商號當學徒時，常常到縣府去洽公，曾與縣長有過數面之緣，印象中他是一位有作為的讀書人，怎麼會身陷囹圄呢？於是便特地前往獄中探視縣長。

縣長見到時來義，欣慰地說：「原來還有人記著我，看來我以前官做得挺好。」時來義反問縣長為何入獄？一解釋之才發現原來他是因細故而丟官，需要籌錢與上層談判，若是拿不出錢，將落得被判刑的下場。

「要多少錢能解決這件事？」

縣長伸出三根指頭說：「上頭說沒有三千塊大洋解決不了，如果給了，不但立刻放出去，還能官復原職。」

當天晚上，時來義輾轉難眠，他心裡盤算：「賣掉這一船大米，頂多賺個幾百塊大洋，回到日照也不能揚眉吐氣。眼前這個人是一個好官，只差在時運不濟，如果能夠救他的話，豈不是大好買賣一樁？」

但是他又想：「就算真的救了他，萬一上頭翻臉不認人，這筆錢不是丟進水裡了？」

這著實讓時來義為難不已，但權衡了一宿之後，隔天早上毅然決然地把一船大米全賣了，花了三千塊，幫縣長贖罪。錢再賺就有，但好官難尋。

雖然時來義救了人一命，但是這畢竟還稱不上是什麼衣錦還鄉，絕對不能空手返鄉，會被人瞧不起啊，於是便再次前往上海做買賣。再次回到上海的時來義，終日忙於奔波尋找任何可以再掙錢的機會，期間也沒再記起縣長的事。

某日，突然收到一封來自江蘇的信，他心想：在江蘇並沒有熟人啊，再者也沒人知道他在上海，怎麼會有人寫信給他？時來義納悶不已。原來是官復原職的縣長被改派到江蘇，當他聽說時來義也在上海，立刻找人捎信請他到麾下當師爺，這可讓時來義喜出望外。因為在當年做個師爺不但有油水可撈，而且還要幫縣裡維持治安，可以說是風光無比。而輾轉到了江蘇當師爺的時來義，生活過得愜意，手下也養了幾個武藝高強之人，算是功成名就。

只是，時來義仍舊掛念著總有一天要衣錦還鄉，所以他在心底盤算盤算，利用了自己在縣府和商場建立的人脈，組織了一個商隊，既販雜貨也販菸土，一隊人從江蘇往山東出發。

話說距離時來義離家已經三年，在那個年代通訊並不發達，因此時來義也無法跟親友取得聯繫，連一封信都捎不過去；同時間，在日照的家人也曾拜託從南方回來的鄉民打聽，但誰知道時來義現在會在江蘇呢，因此得到的傳言不是被殺掉就是被活埋了，總之沒有一件好事情。

大家都搖頭說時來義可能真的不在人世，甚至有人不斷地勸我奶奶說：「眼看時來義是沒啥指望了，他的媳婦還年輕，犯不著帶著孩子守活寡，乾脆跟她說說，早點改嫁得了。」不過我奶奶總是搖搖頭，堅決地說：「不可能，我這個弟弟有通天本領，他一定會回來。」

這一天是臘月三十晚上，正是家家團圓吃年夜飯的時刻，遠方竟傳來愈來愈清晰的馬蹄聲朝前團嶺埠而來，聽起來陣仗很大，村子裡的狗吠聲也跟著此起彼落，大家心裡一陣緊張，想著是否有壞事要發生了，神經緊繃不已，因為這年頭除了官，大概就只剩土匪才有馬隊。

說時遲那時快，當秦奶奶才在心裡暗自思量時，門板便響起了震天般的「砰砰」敲門聲，且愈拍愈急促。這可把奶奶嚇壞了，她雙手顫抖地拉開門，定眼一看，發現門口站著一個熟悉的身影，這可不是別人，而是杳無音訊的弟弟終於帶著商隊回家了。

這一回歸鄉，時來義可是足足賺了兩萬塊大洋，而且獨占了人人認為窒礙難行的南北商路，並開設了一間東益原商行，全盛時期甚至擁有了一百多個夥計，無論是黑白兩道或是水運陸運、南北雜貨或是鴉片菸土，統統在他的掌握之中。

不過，時來義仍沒忘記三年前在老東家西公順受的委屈，為了跟西公順的劉老闆較勁，他特地在石臼所城中央買了一塊地，並在那個家家戶戶都是矮平房的時代，起了石臼所的第一座樓房，所有人一看就知道時來義已非吳下阿蒙。此後，他也重新整合原有的石臼市集，一般市集有五天或十天一集、一旬一集，或是一月一集，時來義將石臼市集改為每天集，統一管轄所有攤販。市集的規模日趨盛大，類似現在的超級商場。日後，有人傳言說時來義是半夜裡挖到寶而發大財的，也有人說他是在路上救了人，獲贈了一筆鉅額財富，不過其實石臼市集才是時來義發家的主因。

在那個動盪飄搖的年代，時局不斷地在變換著，而在北伐前後，地方軍閥割據，在石臼所就有一個擁槍自重的旅長，他平時魚肉鄉民，但是礙於他手上的兵力，鄉民們只能忍氣吞聲。可是，當大家傳言國民革命軍即將打上山東，全國將告統一前夕，石臼所的地方鄉紳認定旅長很可能在最後的時刻搜刮所有金銀財寶，甚至強拉男丁當兵。於是鄉紳仕老齊聚一堂，開會討論如何和平地解決即將到來的問題。

大夥兒說來說去，唯一的辦法就是說服旅長全營繳械。不過說起來容易，可沒人願意當那一隻在貓脖子上掛鈴鐺的老鼠。經過一陣討論，大家一致推派在地方上影響力日益增大的時來義擔任說客。

背負大家的期望，時來義硬著頭皮隻身前往軍營，先是跟旅長曉以大義，末了則開出條件：「大家出來混不外是為了錢，你既不要搶也不要殺，只要你命令部隊就地解散，把指揮權交給我，我給你一萬塊大洋。」

只見旅長蹺著二郎腿，一副笑話的神情說：「一萬塊在哪兒？只要你拿得出來，一面交錢一面交槍，交了槍，我拍拍屁股就走。」

時來義回：「明天早上六點鐘，我準時將一萬塊大洋抬到你的門前。」雙方就此達成協議。

可是，當時來義回頭跟鄉裡的仕紳交代時，大夥兒聽了卻急得跳腳，紛紛大罵：「你瘋啦？誰家有一萬塊錢啊？就算真的給了一萬塊，要是他不履行諾言怎麼辦呢？誰能負責？」一萬塊大洋可是一筆大錢。

時來義沉住氣說：「第一，不管怎麼樣，我們一定要湊出一萬塊大洋來；第二，如果他不繳械，後果我負責。不如由我先拋磚引玉，先捐兩千塊大洋。」

有的人對此番話嗤之以鼻，但也有些人心想：若是真的遇上兵變，再大的家業都會被洗劫一空，不如賭這一把。於是時來義費盡了唇舌，終於在一個晚上湊足一萬塊大洋，隔天早上準時送到營門。

旅長聽到衛兵通報，親自出門迎接時來義，只是才一見到白花花的大洋，心裡竟起了貪念，殺人滅口的想法油然而生。不過時來義也不是省油的燈，他早盤算過各種可能，因此一見到旅長神色有異，沒等旅長發難，便搶先一步掏出暗藏的匕首挾持旅長，要求他下令全旅繳械。

旅長沒料到時來義會來這一手，為了保命，只得馬上下令解散部隊，跟著就捲了錢灰溜溜地跑了，最後繳出來的槍枝堆得跟小山一樣高。接著時來義派人通令中央，山東省日照縣服膺中華民國，成為山東第一個懸掛中華民國國旗的地方。

由於時來義在地方上本來就有影響力，再加上這回單槍匹馬解放了一個旅，人氣達到前所未有的高峰，在眾望所歸之下，他當上了石臼所第一任的鎮長，成為地方的傳奇人物。

隨後抗戰爆發，日軍占領山東，原本也要給時來義一個日照維持會會長的職務，打算利用他的人望控制石臼所。不過愛國的時來義堅決不幹，溜到抱犢崮的深山裡躲了好幾個月，讓日本人遍尋不著。之後時來義糾集地方的抗日勢力，組成游擊隊，仗著地利騷擾日軍部隊，只要日本的部隊一離開縣城，總會被游擊隊殲滅十幾二十個人，讓日軍恨得牙癢癢。

民國三十二年時，日照縣的游擊隊決定仿效朱元璋八月十五殺韃子，抵抗平日燒殺擄掠的入侵者，他們算準城內大部分的日軍部隊將移防到黃淮地區，駐城的日本軍不足五百人，於是暗中聯絡城內居民，準備一舉殲滅駐軍。時來義讓游擊隊扮成菜販或肉販等市井小民，在菜籃子底下或者是菜車下面藏了刀械和土槍，假裝進城趕八月十五的市集。

當天晚上放火為信，大夥兒發動猛攻，殺得日軍措手不及，總共消滅近兩百名敵人，只可惜武力相差懸殊，最後日照縣城還是沒有被攻下來，游擊隊犧牲了七十多個烈士，時來義的大腿和左膀分別受到槍傷，所幸被同伴抬回山裡休養，撿回了一條命。

這次由少數民眾發起的抗日事件，讓時來義成了抗日英雄，所以抗戰勝利以後，時來義在日照的影響力愈來愈大，在國共內戰時成為兩黨主要爭取的對象。但時來義因與國民黨牽連極深，只能與共產黨劃清界線。因此大陸解放之後，共產黨十分痛恨他，幾次將他拖出去遊街批鬥，打算依惡霸的罪名將他付之公審，但是礙於他抗日英雄的身分，沒人敢動手，只好想方設法將他扣上地主的帽子。幾次下來，時來義氣憤難平，身染沉痾，不久病逝家中，結束了傳奇的一生。

綜觀時來義的一生，充滿了冒險精神與江湖義氣，他屢屢化險為夷，與黑白兩道交好，奠定了日後發跡的基礎。當年一手打造的石臼所市集，迄今仍是當地南北貨的集散樞紐，而且他深明民族大義，為人豪爽，我的父親自小就跟在這位傳奇人物的身邊，日後父親能在亂世中闖出一條活路，便是深受時來義一言一行的啟發，也間接影響了我的思維。

千里尋親

在早年北方的社會裡，十幾歲就步入婚姻的年輕姑娘大有人在，可是我的三姑遲遲沒結婚，因為奶奶一直希望能幫她找個金龜婿，沒想到愈挑年紀愈大條件就愈來愈差。一直等到三十五歲才終於嫁入石臼所的劉家當續弦。

三姑父劉嘉年原本育有一子祥雲，與三姑結婚後，又生了一子祥福與一女。三姑父年輕時就在長記輪船行擔任輪船廚師，當年跑船的收入很好，一家五口人過起日子也挺寬裕的。

民國三十六年抗戰勝利之後，三姑父開始跑起較遠的航程，因此三姑便多了閒暇的時間，常常會帶著孩子到我們家裡來走動。直到三十八年日照解放，有錢人家家戶戶倉皇逃難，姑父見小兒子跟小女兒太小經不起奔波，而大兒子祥雲已經十五、六歲，長得一表人才，且性喜走南闖北，常跟著他四處轉悠，因此三姑父對他懷著殷殷期盼，於是便決定帶著他搭公司的船逃往上海。

逃出家鄉之後，三姑父不時來與我父親喝酒聊天，討論烽火連天的世局。只是對於未來的局勢，任誰都沒有把握，隨著局勢愈來愈亂，三姑父和父親竟也失去了聯繫。

日後，我們全家也輾轉來到基隆落腳，與日照老家是千里之遙，感覺再沒有親友相見的機會了。當時父親是在碼頭上攬一些粗工養家，每天奔波於各碼頭之間，肩上的貨物動輒四、五十公斤，這已是當時難得的好工作了，誰也不敢抱怨什麼。或許是冥冥中安排，就因這樣的機緣，在民國四十年的某一天，居然就在港邊巧遇了三姑父，一家人在異鄉見面，心中格外親切。原來三姑父持續著跑船的工作，並沒有改行。

重逢之後，每當三姑父跑船時，祥雲表哥就到我家搭伙，此時他已經十七、八歲，氣宇軒昂，任誰看了都認為他日後一定有出息，父親時常勸他要好好讀書，不過他卻志不在此。

有一天，祥雲表哥跟我父親提及菲律賓的經濟起飛，打算當個船員，準備到菲律賓做生意。不過我父親認為風險太高，而且祥雲不是自己的孩子，實在不敢拿主意，要祥雲問過自己的父親再說。三姑父自己在海上過了一輩子，因此深知討海的危險，堅決反對祥雲踏上自己的老路，而且他的年紀太小，沒辦法上商船，只能跑漁船，環境更是惡劣且危險。

只不過任憑怎麼勸告，祥雲的心意已決，甚至還私下瞞著大人考取漁船公司的船員資格後，回家才向三姑父攤牌。三姑父拗不過祥雲，找來我父親當說客，但是祥雲堅持要出海賺大錢，還開口向父親籌措創業基金，兩老勸說無效，只能同意祥雲出外闖蕩。

出發當天，父親和三姑父送祥雲到基隆八斗子搭船，只見漁船又小又舊，看得兩人心裡直發毛，而且當年還沒有無線電，一出海就很難聯繫。可是見到祥雲眼中閃爍著大幹一票的雄心，兩老也只能忐忑不安地囑咐他萬事小心。沒想到這一出海就是個把月音訊全無，即使三姑父天天到漁船公司打聽，漁船公司也只能搖搖頭。

三姑父自大陸逃出來之後，一心只求祥雲出人頭地，這下子孩子生死未卜，心裡焦慮日增，到後來連工作也做不了，成天像瘋子一樣亂闖，四處打探祥雲的下落。父親於心不忍，索性放下工作，跟著三姑父到各大港口找孩子。

一晃眼三個月過去了，這一天他們從基隆沿萬里、金山、石門一路往上找到淡水，逢人就問：「有沒有聽說船隻遇難的消息？」旁邊一位老先生聽了走過來說：「三個月前附近漂來一條破船，可是裡面的人都死了。我可以帶你們去看看。」父親聽了，一股不祥的感覺湧上心頭，兩人跟著老先生到了淡水沙崙的一處沙灘，老先生指著前方一艘破爛不堪的漁船殘骸說：「就在那裡。」接著又指著旁邊一處隆起的沙丘說：「裡面的人都埋在這裡。」

父親和姑父鼓起勇氣開挖，坑裡埋了幾具浮腫腐爛的屍首，面目全非，早已認不出誰是誰。父親隨意翻了翻其中一具的衣物口袋，找到一只破爛的皮夾，一把翻出裡面塞著的身分證，這不是劉祥雲是誰！原來祥雲上的船才離開八斗子漁港不久便遇上風浪，整船的漁工全數罹難，船隻浮浮沉沉地漂進了淡水一帶，被附近的居民打撈上岸。一個前程似錦的大好青年竟成了一具泡爛的屍體，三姑父和父親當場哭倒在沙灘上。

也不知過了多久，父親強忍悲痛，到淡水市區裡買了一副薄棺木，雇了一輛車，準備將祥雲抬回基隆。但是說也奇怪，無論四個大漢怎麼抬，棺木始終紋風不動。眼見天色愈來愈黑，海風愈吹愈冷，再不走就得留下來過夜了。父親急著對棺木喊著：「祥雲啊祥雲，今天會發生這一切，全都怪你自己不肯聽長輩的勸告，堅持要跑船。現在命沒了，老父親還親自來接你，你卻不肯走，這個拗脾氣怎麼不改一改呢？」說起來也真玄，父親吼完這一嗓子，前一秒彷彿黏在沙灘上的棺木，竟然一抬就走！

一行人回到基隆之後，實在沒餘力好好安排後事，而且祥雲年輕無後，在台灣的至親只有三姑父一人，喪子之痛讓他難以承受，於是和父親在八堵公墓胡亂找了一處空地，挖了個坑，蓋上土，末了燒化幾張紙錢，連豎碑也省了。

打從祥雲去世之後，三姑父萬念俱灰，消沉了好一陣子。等到好不容易振作起來，竟然跑起了美洲、歐洲之類的遠洋航線，平均兩、三年才回來一次，下船後就住在基隆的海員招待所。每次返鄉，三姑父總是帶著餅乾、蘋果等好吃的東西來訪，他的臉上掛著像彌勒佛一樣的笑容，不過笑容裡帶著藏不住的落寞，而且每回都坐不了多久便藉故提早離開。

小時候我不明白為什麼，長大後才了解，我們一家團聚的景象，每一幕都挑起他人生最大的遺憾；長子已逝，妻兒分隔兩地，要享天倫之樂只怕難如登天。

父親知道三姑父的難處，有一回帶著我搭車去海員招待所向他請安，三姑父見到我們出現特別開心，拿出十幾二十塊硬是塞給我當零用錢，我不敢伸手去接，因為父親最反對我向長輩拿錢，可是這一次，父親卻沒有出手制止，他知道我收了三姑父才會開心。

日後，只要三姑父上岸，父親都要我去陪他聊天解悶，我自然十分樂意，因為每次去總是有吃又有拿。隨著日子一天天過去，三姑父愈來愈年邁，體力漸漸負荷不了海上的操勞，終於從船上退休上岸，改攬下海員招待所的大廚一職。雖然工作駕輕就熟，但是船員來來去去，能說上話的沒幾個，日子過得挺寂寞。

因此逢年過節時，父親常接他到家裡一起過，偶爾還要我去探望他，三姑父常燒一桌好菜招待我，吃完飯後倒上酒，講起一個個年輕時航行五大洲的冒險故事，雖然他講得口沫橫飛，但是我壓根兒不懂跑船是怎麼回事，常聽得一頭霧水，不過三姑父不以為意，只要有聽眾就行。但無論經歷多精彩，他眼神中的落寞，始終不曾淡去。

等到三姑父六十五、六歲的時候，有一天，他拎著大包小包的行李突然來到我們吉林路的當舖。當時我在店裡看報紙，父親則跟對門的鄰居聊得正開心，聽到開門聲，我才抬頭，一看竟是三姑父，開心地帶他進辦公室坐著休息：「帶著這麼多行李？打算去哪裡呢？」

「沒什麼，我想在你們這裡住一陣子。」

「當然好啊！」我立刻通知父親，他聽了也很開心，當晚我們在家裡高高興興地吃了一頓。席間我問三姑父：「怎麼會突然想出來透透氣呢？」原來是三姑父有一個遠房的堂弟劉家堂，當年在大陸時是三姑父的鄰居，到了台灣之後，留在高雄的部隊服役，一直沒結婚，最近打算接三姑父一起過去生活，讓彼此也有個照應。

但沒想到父親一聽，直搖頭說：「那個劉家堂，第一，他是一個光棍，連自己都照顧不了自己；第二，高雄人生地不熟的，去了要幹什麼呢？第三，再怎麼說我們都是一家人，不在自己家裡住，卻跑去高雄那邊住，實在講不過去。要是你不嫌棄的話，直接在我們家住下來就好了。」

可是三姑父還是堅持只在我們家住一個月，之後就直奔高雄。我們知道他的脾氣跟祥雲一樣倔強，既然說不動，不如珍惜最後這一個月相聚的時光。三姑父很客氣，攬下了每日的燒飯工作，煮出一道道拿手好菜讓我們大飽口福。有一天晚上，我們三人聚在一起閒聊，也開瓶酒助興，席間三姑父喝了一口說：「三弟（指我父親），其實我這一次來你家住，還有一個目的，就是想把我手上的錢託給你，我攢了六十幾萬，還有五條金條。萬一以後不在了，老家還有一男一女，希望你能幫我交給他們。」

我父親是一個聰明人，他知道錢的事情絕對不能碰，連忙搖手說：「不不不，這是你的辛苦錢，我不知道怎麼保管，千萬不能交代給我。」

三姑父沉吟了一會兒說：「這樣吧，我留下一部分，另一部分帶去高雄當生活費。」

「不行，萬一以後你要用錢還得特地跑一趟台北，實在不方便，而且我替你保管心裡的壓力很大，還是全部帶走吧。如果你堅持要把錢留下，人也留下來吧。不然的話，你就帶著錢一起走。」其實當時父親也思考到了：萬一劉家堂是一個見錢眼開的人，倘若日後上門要錢，可就多了一件麻煩事。兩老來回溝通好幾次，終究還是讓三姑父帶著所有的積蓄上路。

幾天後，父親陪著三姑父從基隆的郵局領出六十幾萬的現金，回來後特別讓我點了一回，確認金額無誤才小心地打包在行李中。到了出發當日，我們搭著火車晃晃悠悠地把三姑父送到高雄鳳山，安頓好之後，我父親問劉家堂說：「你白天要工作，老先生誰來照顧？」

劉家堂滿不在乎地說：「他可以自己去買東西吃嘛。」

父親一聽，眼眶都紅了，回頭跟三姑父說：「我看你還是回去跟我們住好了，不要留在這裡。」

只是三姑父說了一句話：「我姓劉，你們姓秦，我怎麼能投奔姓秦的，不投奔姓劉的呢？」老先生把話說到這份上，我父親就不講話了。

當天我和父親搭車回北上，一路上兩人一語不發。

自從接到三姑父之後，劉家堂的生活改頭換面，不到半年就娶了一房媳婦，父親收到帖子南下吃喜酒，回來之後只說了一句：「這個劉家堂撿到寶了。」之後每隔兩、三個月，父親就會去探望三姑父，過了兩年左右，三姑父的身體愈來愈差，上廁所都會便血，原本以為只是痔瘡，就醫後才發現是大腸癌末期，從發現到辭世只過了半年。

三姑父臨終前打電話請父親南下，準備交代後事。他說錢跟金條都已交給堂弟，我父親也親自向劉家堂確認：「當初我姊夫帶了六十幾萬和五條金條，你都收到了吧？」

「都收到了。」劉家堂點點頭。

「那就好，你們都是劉姓本家，我只是外人，這筆錢我既不想分，也不想要。現在所有的錢都交給你了。」

父親一想到自己的姊夫晚年沒住在自己家裡面，反而到高雄投奔一個遠房親戚，不到三年人就死了，如果日後老家的姊姊問起，該怎麼交代呢？所以父親既傷心又懊惱，無心參加三姑父的葬禮，派了我大哥前往致意。大哥回來之後說三姑父草草地葬在公墓，這件事就這麼過去了。

民國七十八年時，父親回到石臼所老家探親，逢人就問有沒有三姑和一雙子女的消息。不過，三姑父過去是逃跑的國民黨員，家人統統被劃分為社會階級最低的黑五類*。村民一聽到三姑父和三姑的名字，紛紛搖手又搖頭，推說不認識。甚至父親還特地跑到三姑父小時候住的村子裡，一樣得不到任何正面回應，這一次探親算是無功而返。

不過父親仍不死心，另外託人明查暗訪，民國八十二年時總算找到了祥福表哥和他妹妹，原來他們搬到了隔壁村子。

打聽之下，當年自從我三姑父離開以後，全家人被掃地出門，在文化大革命時全靠著祥福表哥打零工養活三姑姑。三姑父曾藉著跑船之便，從海外寄錢回家，但是不知道為什麼全部下落不明。三姑背著黑五類的身分，連糧票都比別人少，生活過得極其清苦，好不容易掙來的糧食全讓孩子吃，自己挨不住長期的營養不良，也就病死了。祥福表哥不願把母親草草地埋在亂葬崗，自己釘了一口薄棺，將三姑埋在村裡的公墓。祥福表哥自幼失學，目不識丁，只能在生產隊裡擔任泥水匠，勉強度日。待父親第一次跟他見面，給了他一些錢，生活才漸漸改善。

民國八十五年時，我帶著父親到日照，祥福表哥特地到車站迎接我們，這是我第一次與他碰面。祥福表哥招待我們到他家作客，言談間可以感覺得到他是一個老實規矩之人。離開日照之前，他在家裡擺了一桌家鄉菜，答謝我父親的照顧。席間父親多次發現他欲言又止，於是說：「有什麼事情就直說沒關係，一家人沒有什麼事不能說的。」

祥福表哥摸摸臉說：「三舅，我聽說爸爸死前留著一筆錢，前一陣子我堂叔（劉家堂）回來，我問他這一筆錢的下落，他說自己一毛都沒拿，全在您這裡。其實我不是想要錢，只是想問一問到底是怎麼回事？」

＊黑五類是文革時對政治身分為地主、富農、反革命分子、壞分子、右派等五類人的統稱，合稱地富反壞右，為文革期間首先遭受迫害的人群，也是中國共產黨前三十年統治下的政治賤民階層。

父親一聽就火了，立刻提高音量說：「有，你爸爸有五條金條和六十幾萬新台幣，他本來要給我，但是他不願意住在我家，所以我一毛都沒收，全部都給了劉家堂。這件事我和你爸爸與劉家堂早已當面確認過，他怎麼會說錢不在他那裡呢？」

祥福表哥連忙滅火說：「三舅您別氣，這麼說我就明白了。」

可是父親愈想愈窩囊，回台之後立刻搭火車到高雄找劉家堂理論，劉家堂矢口否認說：「我沒跟祥福說錢在你身上，都在我這裡，也花了不少，不過都是花在祥福他爸爸身上啊。」

父親氣呼呼地說：「你們姓劉的事，我們管不著，但是你不要亂講話，沒事扯到我身上幹嘛呢？你一定要跟祥福好好澄清。」

這一件事成了父親心中的疙瘩，隔年我們又去探親，第一天晚上父親就把祥福找來，拿出當年陪三姑父在基隆提款的收據說：「你看，真的有六十幾萬，還有五條金條，全都交給你堂叔劉家堂了，我上次回去還當面跟他對質，他也親口承認，可別再說錢在我身上了。」

「三舅您別氣，不管有沒有錢，我都不在意，只要知道有一個確定的消息就好。」

日後祥福再也沒提過這一件事。

民國八十六年父親去世以後，我一個人回到老家，一樣到祥福表哥家吃飯，吃著吃著他突然說：「表弟，我有一件事要拜託你。」

「什麼事？」

「我從小就想念我爸爸，每次一想到我爸爸跟媽媽都沒有辦法合葬，心裡老是覺得過意不去。」

「兩岸沒有辦法合葬的夫妻太多了，沒有什麼好過意不去的。」

「其實不光是我，我媽媽臨死之前交代我，希望能夠跟我爸爸在一起。所以我希望你能幫幫忙，讓我到台灣一趟，找回爸爸的遺骨，送回來跟我媽媽葬在一塊。」

我一聽愣了半晌，當時兩岸開放程度不比今日，難度可高了。不過我還是說：「這個忙我幫得上，但是能不能成功我不知道，我會盡力試試看。」

由於牽涉的法規太過繁瑣，我找了平時合作的法律顧問陳主任幫忙，他聽完事情的原委之後說：「行，可是要花不少錢喔。」

我說：「我已經答應他了，就不是錢的問題。」於是陳主任開始著手與兩岸的相關單位書信往返，透過海基會、國台辦等單位的協助，事情漸漸有了眉目。

八十七年時我再次回鄉，祥福問我是否有機會成行？我說：「辦得差不多了，不過，除了帶回三姑父的遺骨，這一次你堅持要到台灣一趟，是不是還有其他的目的呢？」

祥福嘆了口氣說：「唉，還是為了爸爸留下來的那一筆錢，我相信三舅絕對不會騙我，但是我堂叔還是堅持錢不在他手上，而且事情發生之後，他再也沒有來過。其實我不在乎錢，但是這件事得有結果，所以一來我想帶爸爸回老家，二來我要跟堂叔碰面，請他給一個說法。」

我心想父親在世時對此事耿耿於懷，若是兩人當面對質，也可以洗刷父親的嫌疑，於是說：「好，我答應你，這一件事一定幫你辦成。」

只是沒想到好事多磨，這一等就是兩年的時間，一直熬到民國八十八年，所有手續才塵埃落定，祥福終於拿到入台證。但他不認識字，也沒搭過飛機，我很擔心他能不能順利抵台，萬一人掉了可麻煩了。還好他到香港以後，我姊姊特別找人幫忙他轉機，這才平安抵達桃園機場。我把他接到家裡來，開開心心地幫他接風。

酒過三巡菜過五味，祥福問我：「表弟，你知道我爸爸葬在哪裡嗎？」我聽了心裡叫不妙，當初一心只想幫祥福辦手續，完全忘了先找出三姑父的墓。這得要問劉家堂才行，可是劉家堂的住處我早已不復記憶，如何找得到這個人呢？

正當兩人一籌莫展時，我靈機一動說：「沒關係，我們來找一找我父親的遺物，說不定有線索。」

於是我從父親的遺物裡翻出一本電話本，仔細地檢視每一筆紀錄，還真的記載了劉家堂。我興奮地拿起電話撥過去，可是電話不通，兩人滿腔的熱血瞬間被澆熄一半。我看到電話下方寫著鳳山某某眷村的地址，但是無法確認是否能找得到劉家堂。我和祥福商量了一會兒，知道這是我們唯一的機會，再遠都要走一趟。

隔天，我們搭上前往高雄的飛機，落地後輾轉抵達地址上記載的眷村。說起來眷村有一個好處，家家戶戶關係密切，只要開口問，一定找得到人。我們循線找到劉家堂的家，只是家裡沒人應門。兩個人只好坐在門口等，這一等就等了約三個鐘頭，終於一個人影朝我們走了過來，仔細一看，不是劉家堂是誰？他一認出我們，轉身就想逃跑，幸好被我們聯手攔了下來。劉家堂一臉為難，但是我們都找上門了，他總不能拒人於千里之外，總算請我們進到家裡。

映入眼簾的是一屋子破落的景況，後來才知道他已經夫妻離異，太太帶著孩子走了，電話因為欠費被切斷，可見近況不太理想。祥福沒等劉家堂倒茶，劈頭就問：「堂叔，當初你親口告訴我，爸爸留的錢都被三舅拿走了，到底是真的還假的？」

劉家堂看到我在旁邊，支支吾吾地說：「唉呀，那……那個什麼，過去的事就別提了好不好？」

祥福正氣凜然地說：「為什麼不能提？有沒有錢沒關係，可是這一件事情讓三舅很窩囊，雖然他現在已經不在了，但是一定要查個水落石出才行。」

劉家堂唉聲嘆氣了半天，抱著頭說：「好吧，當初我要結婚，你爸爸剛好手上有錢，就幫了我，這樣可以了吧？」

「花了多少錢呢？」

「我想不起來了，大概就幾條金條吧！其他的錢都花在你爸爸的後事上了。」

既然他已經承認，祥福也不再追究錢的下落，繼續追問：「我爸爸葬在哪裡？」

「燕巢鄉的公墓。」

「我這次來，就是要帶爸爸回老家，明天你帶我們去找。」

劉家堂一臉驚恐地說：「哎呀，這麼多年了，我哪裡記得？公墓也沒多大，你們去找一定找得到，我去了也沒用。」

任憑我們軟硬兼施，劉家堂硬是不肯陪我們去找，可能是心中有愧，害怕面對往生的三姑父。眼看時間愈來愈晚，我起身跟祥福說：「現在晚了，我們先回台北，反正已經知道在燕巢鄉了，改天再來找。」

眼看事情大有進展，我們心裡的負擔放鬆不少，當天晚上回到台北後，兩人喝得酩酊大醉。過了幾天，我們找出燕巢鄉附近所有公墓的聯絡方式，打電話過去一個個詢問是否有三姑父入土的紀錄，可是公墓的管理亂七八糟，沒有一個公墓管理員查得到。

祥福問我：「表弟，這該怎麼辦？」

「我們還是用最簡單的老方法，再親自跑一趟好了。」

出發前特地問了我大哥對三姑父的墓有沒有印象，他只說：「我記得墳前立了墓碑，但是過了這麼多年，說不定已經被人剷平了。」還沒動身就有不好的預感，不過這一次預留了三天的時間，準備長期抗戰。

誰知到了燕巢鄉公墓現場一看，兩人大吃一驚，墓地爭先恐後地擠滿整座山頭，找起來猶如大海撈針。不過也沒有別的辦法，只能一個挨一個慢慢看，為了避免重複尋找，我們還畫了路線圖，南台灣的太陽毒辣，曬得我們叫苦連天，一天下來，一無所獲。隔天清早再出發，還是空手而回。當天晚上兩人沮喪地回到旅館，悶酒一杯接著一杯地喝，我忍不住說：「大概沒希望了。」

祥福想到幾十年來受的委屈，最後連父親的遺願都沒法完成，一時間悲從中來，大哭著說：「我都跑了這麼遠，要是沒找到我爸爸，這輩子的唯一心願沒法完成，乾脆死在這邊算了。」看著他哭得傷心，我也不知道從何安慰，只能任他發洩。

隔天我們起了一個大早，打算做最後的努力，只是到了中午，還是沒有任何收穫，我和祥福走在泥土路上，我還跟他嘟囔說：「這個地方昨天來過了，再往裡面找吧。」可是裡面依然沒看到三姑父的墓，只好沿著原路折返。

我說：「祥福啊，找不到了，你爸爸不曉得在哪裡了，我看還是放棄吧。」

沒想到話才說完，突然就一陣大風襲來，路旁的竹林嘩啦嘩啦地直響，我們不由得停下了腳步，祥福突然說：「唉唷，好像爸爸在叫我。」

「你見鬼啦！」雖然日正當中，我也被嚇得渾身起雞皮疙瘩。

再往竹林旁邊一瞧，竟然出現了一條前兩天都沒注意到的小路，我也沒多想，對祥福說：「我們走進去瞧一瞧。」誰知才走不到五步就出現一座被荒草淹沒的墓碑，我瞧著碑上的相片，跟三姑父有幾分相似，連忙喊住祥福。兩人顫抖著撥開雜草，墓碑上赫然刻著「劉嘉祥」三個字，我們真的找到了。

兩個人七手八腳地割去雜草，看得出來墓地做得挺像樣的，沒落到被人剷平的下場，這個劉家堂總算還有一點良心。我們回到公墓的辦公室，一開始承辦人還直說我們即使找三個月也不可能找著，一聽我們達成任務，吃驚地下巴都快掉了下來，直問我們想要怎麼辦？

我擦著汗說：「我們要把祖先的遺骨取出來。」

「可是我們沒有提供工具。」

「好，我們明天再來。」

於是我們兄弟兩人回到鳳山，隔天一早就出門打聽哪裡可以找到葬儀社和撿骨師，好不容易按著路人的指示走進一條小街，只見一個打赤膊的大漢坐在街口，手中拿著扇子呼啦呼啦地搧風。

沒想到他大老遠看到我們兩個人，竟然立刻大喊：「喂，緊來找我。」祥福聽不懂閩南語，轉頭問我：「這個人在講什麼？」

我狐疑地說：「他叫我們快去找他。」可是我們根本沒見過這個人，難道是聽錯了嗎？沒想到他又喊：「你們是從台北來的喔？」

「是，怎麼樣？你怎麼知道我們要來找你？」

「沒啊，昨天晚上做夢，夢裡有一個老人家告訴我，今天會有兩個從台北來的人找我幫忙啊。我看你們穿的衣服就像是從台北來的。」

我心想，真的假的？搶生意搶到這樣？於是接著再問他：「沒錯，我們還真的要找人幫忙，你是幹嘛的？」

「我喔？專門幫人家撿骨的。」

「那對了，真的就是要找你了。」

撿骨的大漢收拾裝備，我們搭著他的貨車前往公墓。只見他動作俐落地打掉墓碑，拿出圓鍬、十字鎬等工具開始挖墳，然後再撬開棺木撿出遺骨，全數放入一個白鐵桶中，澆上酒精燒了二十分鐘，最後將骨灰裝入先前買好的骨灰罐裡，細心地打包後，祥福一肩背起，喊了一聲：「爸爸，我們啟程回家了。」過程異常順利，下午三點左右就抵達高雄機場。

回程途中我問祥福：「現在三姑父在你身上，總算是完成他的遺願了，不過你還要一個月才回大陸，總不能老是背著吧？」祥福一聽有道理，問我有沒有什麼建議。我想起有一個朋友父親的骨灰罈放在台北善導寺，管理得挺好，還有定時誦經服務。於是說：「不如先請三姑父到五星級飯店住一下。」

「什麼？還有五星級飯店？」

「到了再說。」一到台北，我們兩人便直接從松山機場直奔善導寺，剛好遇上有空位，順利將三姑父的骨灰暫時安置在善導寺。

祥福在台北又生活了一個月，期間我們時常聊天，也談到他從小到大的種種磨難，實在令人揪心。最後一天晚上我們邊喝邊聊，我終於問起我一直以來的疑惑：「照說中國人講究入土為安，為什麼你一直想要把你父親帶回去？」

「其實從小我爸爸對我非常好，長大之後，我常常夢到一個模糊的身影，他直對我說他想回家，雖然看不清楚面貌，但是我知道那是爸爸在對我說話。而且即使在最困苦的時候，母親還常常叮嚀我，一定要帶爸爸回家，現在我終於完成母親的心願了。」

一個月以後，返鄉的日子到了，我送祥福到機場，我擔心他在轉機的過程中迷路，一路上反覆叮嚀該注意的事情。到了要入關之前，背著骨灰罈的祥福突然下跪，激動地對我說：「我代表爸爸和我們一家人感謝你。」我嚇了一跳，趕緊跪下來還禮，兩個人的眼淚都停不下來。

半年後我回鄉探親，特別到三姑父跟三姑姑的墳前去了一趟，我看著翻修過的墓地，想起一生顛沛流離的三姑父，在自幼失聯的兒子努力之下，五十年以後竟然可以回到老家和妻子合葬，這不就是累積的陰德嗎？無數的家庭因戰亂而拆散，三姑父一家可是兩岸之間極少數能團聚的特例。

純子的夢想

純子是我同學的姨嬤，出生於日本時代大正三年（民國三年，一九一四年），她從小就生長在基隆萬里鄉的小漁村，爸爸是小學老師，媽媽在家操持家務，生活條件雖不富裕，但是也不曾挨餓。

純子自幼對於服裝設計充滿興趣，因此小學畢業後就開始在金山的裁縫店當學徒。自小她就有收集日本流行雜誌的喜好，對於色彩、款式的敏銳度極高，加上長相可愛，很得長輩的喜愛，一些遠嫁外地的鄉親也都會特地回到萬里請純子設計衣服，所以漸漸在北部濱海一帶嶄露頭角，十八歲時便更上層樓轉至基隆當裁縫師。

裁縫店隔壁是一間專營日本進口電器與家庭用品的商店，老闆是當地知名的大戶人家，兒子俊卿就讀基隆高中，比純子大兩、三個月。因為常常見面，小倆口暗生情愫，只是礙於門戶之見，彼此都不敢讓家人知道。

不過，俊卿一家三代單傳，他的媽媽最大的願望就是看著俊卿高中畢業後立刻結婚，讓她一償抱孫子的心願。所以在俊卿十九歲時，母親便到處尋覓哪裡有門當戶對的富家千金後，經過重重比較，終於選定一位板橋林家的女孩。

俊卿當然知道母親用心良苦，但他和純子的感情不是兩、三天，只是不知道應該如何回絕母親。有一天晚上他約純子出來看電影，提到家裡安排的婚事，純子個性堅毅，認為俊卿一定要跟媽媽坦白。可是俊卿礙於媽媽強勢的作風，而且父親常常到日本經商，家裡都由母親作主，熬了四、五天始終提不起勇氣問口。

這一天，俊卿的媽媽到裁縫店跟老闆娘聊天，一講到俊卿的婚事，忍不住誇起林家的女孩子，不但長得很漂亮，又是大家閨秀，跟俊卿非常匹配，言談間掩不住得意。在一旁的純子聽了自然很不是滋味，她猜想俊卿肯定還沒向母親坦白，否則他母親怎麼會不知道純子的存在。此時不知道哪來的勇氣，純子大膽地開了口，一鼓作氣向老闆娘和俊卿的媽媽坦白了她早和俊卿相戀已久，兩個人也有白頭偕老的打算，希望俊卿的媽媽能夠接受她。

看到一個十幾歲的女孩如此大膽地告白，兩位女士愣得半晌說不出話，待回神後，老闆娘立刻摑了純子一個巴掌，大罵她忤逆長輩、沒有分寸；而俊卿的媽媽則是一陣恐慌，拔腿跑回家找兒子算帳。

純子用手撫著紅腫的臉頰，但心中的決心卻沒有被打跑，還是決定要在當天把實情統統講清楚。於是她跟著也衝到俊卿的家裡，正好撞見俊卿被母親連番逼問，卻支支吾吾地說不出話，純子再一次向俊卿的媽媽表明自己的立場，希望她能夠成全。

見純子的堅決，俊卿的媽媽一時半刻也不知該如何是好，而跟在純子後面趕到的裁縫店的老闆娘也急忙衝進俊卿的家中。進門就厲聲斥喝著純子：「妳這種行為讓大家都很難看，妳現在就給我搭車回家！」純子無可奈何，只能滿腹委屈走了。

在日治時代的傳統社會裡，由女方向男方家長推薦自己當媳婦的事根本聞所未聞，因此消息立刻在街頭巷尾傳了開來。

當純子的爸爸知道女兒闖的禍，立刻要她跪下，還威脅說要幫她找一個打魚的夫家。不過，媽媽愛女心切，她深知女兒認真的個性，於是告訴純子說：「如果妳真的很喜歡他，媽媽去找基隆的親戚跟俊卿家裡說說媒。」雖然純子的爸爸覺得由女方提親很丟臉，不過既然女兒已經說出口，而且純子媽媽找的親戚也是基隆有頭有臉的重量級人物，只好默許太太和女兒的方式。而俊卿看到純子如此積極，也終於勇敢跟母親表態，除了純子以外誰也不娶。

只是俊卿的母親怎麼可能放棄說好的親事？此時俊卿的爸爸自日本出差回家，當他得知事情的始末之後皺起眉頭，不過對純子的決心倒是產生了幾分佩服，所以決定親自見一見本尊。

他坐著轎車到萬里的漁村，詢問附近的歐巴桑說：「請問有一位叫純子的女孩子住在哪裡？」

「純子的家就在前面，不過，她最近喜歡上一個基隆的少爺，爸爸罰她不准出門，你是不是來打聽這件事的？」

俊卿的父親聽了面露尷尬，循著歐巴桑的指示找到純子的家，他敲了敲門，純子的父親出來應門，兩個男人愈看愈面熟，赫然發現彼此是久未聯繫的小學同學。原本心中的芥蒂煙消雲散，兩人愈聊愈起勁，末了，俊卿的父親一口答應會考慮取消與板橋林家的婚約，再來商談俊卿與純子的婚事。

雖然得到未來公公的口頭承諾，不過純子深怕事情有所差池，於是向母親提出想要回到基隆裁縫店繼續工作，以便能與俊卿再見一面，但是母親卻說：「一個女孩子這麼主動像話嗎？別人都已經找上門了，我們在家裡等就好了，萬一人家真的不要妳，我們也沒辦法。」

可是純子深知俊卿心太軟，時間一久可能有變數，決定親自跑一趟。她擔心白天出門容易惹人非議，趁著一個月黑風高的夜晚，徒步走了四、五個小時到基隆市區，天還朦朦亮便敲起裁縫店的店門。

老闆娘揉著睡眼打開門，一看竟是純子現身，她驚訝地問：「妳爸爸媽媽讓妳回來了？」

純子撒謊說：「對，他們答應讓我回來上班。」老闆娘不疑有他，讓純子進了門。但才一進門她就跟老闆娘坦白：「其實我今天來不是來工作的，而是想要請您幫忙；我真的很喜歡俊卿，他的爸爸也答應了我們的婚事。可是我如果沒有跟俊卿好好談一談，這樁婚事可能會有變化，所以希望您幫幫忙，約俊卿來店裡，讓我跟他說一說。」

老闆娘好生為難地說：「這樣不對啦，依照我們台灣人的風俗，沒有女人可以自己決定要嫁給誰。」

但是純子卻反過來勸著老闆娘：「老闆娘，我在妳這裡工作的這幾年，也算是替妳做了不少生意。結婚以後，我住在隔壁，一樣來幫妳的忙，而且我有許多來自日本京都、東京的服裝資訊，可以替這些有錢人設計最好看的衣服，幫妳賺更多的錢。只希望妳可以成全我唯一的夢想。」

老闆娘看著純子熱切的眼神，心裡納悶這個小女孩是不是瘋了？不過，純子的才華確實是店裡最大的支柱，而且她和俊卿結婚對自己有利無害，於是當天就到隔壁把俊卿喊來，讓小倆口見面談一談。

純子問俊卿說：「你爸媽是不是還是叫你去板橋相親？」

俊卿猶疑地點了點頭。

「你可不可以不去？」

「我爸媽叫我去，我不能不去。」

「你一定不能去，如果去了，一定會被強迫訂婚。」

俊卿為難地說：「我要怎麼樣才能不去？」

純子心生一計說：「你可以裝病。」

「啥？怎麼裝病？」

「很簡單，你只要脫掉衣服，到後面的井裡泡一個下午，肯定感冒，你再裝得嚴重一點，不就能不去了？」

純子的主意真的奏效了，俊卿成功地躲過相親的約會。

然而，當俊卿的父親知道真相之後，自然是大發雷霆。但這一回俊卿沒有退縮，反而進一步鼓起勇氣向父親攤牌，表示自己真的很喜歡純子。其實俊卿的父親也知道純子是個才華洋溢的女孩子，只是自己是基隆最大電器行的負責人，純子出身平庸，兩家的社會地位相差懸殊，而且兩個年輕人的事情在街頭巷尾傳得風風雨雨，兩家人也都為了這件事頭疼不已。

事情懸而未決，俊卿的爸爸為此事在苦惱著，純子則回歸到之前的生活，繼續在裁縫店裡頭工作。有一天，基隆市民政廳長的太太高橋優子又來店裡做衣服，純子知道廳長太太和俊卿的媽媽是小學同學，於是鼓起勇氣跟廳長太太談起自己的心事。

優子廳長太太向來欣賞純子的手藝，而且日本人對於男女情愛比較開放，心中自然希望有情人終成眷屬，所以就請老闆娘把俊卿的媽媽叫來，打算幫純子說項。

一見到俊卿的媽媽，優子立刻熱絡地拉著她的手說：「純子是我的乾女兒，聽說她跟俊卿兩個人已經論及婚嫁，這麼好的消息妳怎麼沒跟我說？結婚的時候我一定參加。」這句話重重地壓在俊卿媽媽的心頭，一下子也不知道如何拒絕，只能連聲說：「好好好，如果他們結婚的話，一定請妳來。」

幾經波折後，純子的堅持終於贏來雙方家長的支持，她和俊卿準備成婚。可是好事多磨，就在他們結婚的前兩週爆發了太平洋戰爭，由於俊卿一家早已經入了日本籍，極有可能收到入伍通知。

雖然在日本社會的觀念中，參加皇軍是至高無上的榮譽，可是俊卿的爸爸知道戰爭無情，萬一兒子上了戰場，能不能平安回家都是未知數，因此考慮把婚期延後；而純子的父母認為戰爭將牽動整個社會的走向，往往會改變人的命運，純子年方十八，還有大好青春，也傾向延後婚約；就連俊卿也擔心此刻結婚好像太倉促了，願意等到戰事結束再成親。

不過純子仍意志堅決，斬釘截鐵地要求婚禮如期舉行，她認為結婚後才能凝聚彼此的感情，無論誰來勸她都沒用，甚至願意自掏腰包辦一個簡單婚禮。雙方家庭感受到了純子的堅定，於是選在基隆的三井會所裡舉辦莊重而簡樸的婚禮。

然而沒想到，結婚當天俊卿就收到了入伍召集令，人生的大喜與分離在同一天發生，讓他的心中百感交集。新婚之夜純子安慰著俊卿，依日本國的聲勢，戰爭應該很快就會結束。一個月以後，俊卿搭上輪船到日本受訓，在日本待了兩個多月，接著出發到朝鮮漢城。

眼看俊卿已經離開三個月，仍沒有回來的消息，於是純子跟老闆娘打商量：「我要去朝鮮漢城找俊卿，是否可以借我一筆旅費？」

「拜託，現在在打仗，兵荒馬亂搭船太危險了！」時局動盪，老闆娘自是不肯。

但純子發揮了她一貫的耐心持續遊說，有天終於說服了老闆娘；此外，她也回家跟母親借了一筆錢，只是婆婆擔心如果純子去探視俊卿，會動搖俊卿的專注力，進而可能提高意外發生的機率。因此在婆婆大力反對之下，最終純子仍是沒去成。

又過了約半年左右，期間俊卿寄了幾封信回來，純子從文中感覺到俊卿在軍中挫折重重、情緒低落。看到信，純子這下按捺不住了，不顧婆婆的反對，逕自買了一張到朝鮮的船票就要出發。

只是一到戶政事務所去辦出國手續時，才發現其中還需要婆婆的證明，俊卿的母親崇尚門戶之見，哪有當兵時還讓太太去探望的道理?堅持不願為純子背書，婆媳兩人起了一次嚴重的爭執。純子為了完成心願，竟然在家中絕食抗議，一天兩天過去，婆婆開始緊張了，只好請家人出面勸阻，經過一番唇槍舌戰，最後大家還是屈服於純子的意志，婆婆簽了同意書，讓純子順利辦好手續。

當純子終於搭船抵達朝鮮時，才發現俊卿已經調到東北長春，可是身處異地的純子並不氣餒，竟然花了一個月的時間辦理手續，一步步克服語言和生活的不便，奇蹟似地在東北與俊卿相見。

當時美、日還沒打得那麼激烈，所以純子和俊卿還有機會到處走走玩玩，那三個月的時間是兩人婚後難得的婚姻生活。就在純子離開長春的前一天晚上，俊卿所屬的日本海軍陸戰隊百武軍團接到電報，兩天後將開拔到新幾內亞對美軍作戰，除了路途遙遠，叢林裡還住著許多土著，兩人心中冒出一股不祥的感覺。

離別在即，誰也說不出話，到了最後分離的時刻，純子將自己親手織的圍巾給俊卿圍上，當作他踏上戰場的吉祥物。這時俊卿陸戰隊的同袍，恰巧也是他在基隆的好同學伊藤，他拿出了一封家書，委請純子回台後轉交給在基隆守候的太太。

純子回到基隆後依約與伊藤的太太碰面，兩人原本就認識，加上彼此的先生都在軍中，慢慢地變成感情要好的朋友。而純子在回程搭船時便感覺到身體有異，後來證實果然已經懷了孕，一直擔心香火斷根的婆婆開心得不得了。但是，就在純子返台的第二十天，俊卿拍了一封電報回家，表示抵達駐紮地之後將通訊困難，無法與家中聯繫。

自俊卿與伊藤抵達新幾內亞兩年後，中途島海戰爆發了，之前雖然日本在海軍和陸軍比美軍占有優勢，但是在美軍狂轟猛炸之下，航空母艦受損嚴重，日軍元氣大傷，制空權被美軍拿走，可說是日本和美國角色遞換的關鍵戰爭。日軍在接二連三的奪島戰爭裡被打得丟盔棄甲、軍心渙散。

一九四三年九月美軍攻打新幾內亞的瓜達爾卡納爾島（Guadalcanal），日軍大敗。伊藤、俊卿與同袍不肯投降，全數躲在叢林裡苟延殘喘，叢林裡蚊蟲和野生動物的威脅如影隨形，加上飲食條件不好，體質較弱的俊卿和幾個同袍很快病倒了，伊藤負起了尋找食物與照顧病患的工作。除了躲避美軍追擊，當地專獵人頭的土著更是要命，俊卿等一行人早已被土著盯上，大家邊打邊逃，最後只剩下七個人躲在一座小山丘上，而虎視眈眈的土著早已縮小包圍圈，俊卿和同袍已經餓了好幾天，眼看就要全數陣亡。

大家你看我我看你，心想要一起脫困絕對不可能，最後商量出脫困之道：留下三個人掩護剩下四個人逃出重圍。俊卿重義氣，第一個舉手自願斷後，伊藤連忙拉下他手說：「你瘋啦？純子還在家裡等你！」

兩個人僵持不下，最後大家同意抽籤決定。只是造化弄人，俊卿第一個抽中留下來的籤，他和另外兩個同袍脫下內衣，顫抖地用木炭寫下簡短的絕筆信，連同剩下的補給品託付給即將突圍的四人。趁著黎明前最黑暗的時刻，三個人向土著發出最後的攻擊，拚命殺出一條血路掩護其他四人逃跑，可惜土著人多勢眾，最後只剩伊藤一個人活命突圍，他逃進美軍的勢力範圍，最後被巡邏隊俘虜。

而在台灣的純子則順利地生下一名男嬰，取名為「朝陽」。全家人萬分喜悅，可是當她拍電報向俊卿報喜，丈夫卻始終杳無音訊，即使向軍部打聽，還是收不到任何消息，純子日感不安。

一九四五年太平洋戰爭結束，日軍的復員船開往台灣，純子和其他心急如焚的家屬在基隆港終於盼到船隻靠岸，當看到戰時去印尼當軍伕的弟弟阿萬上岸之後，純子激動地抓著阿萬問俊卿的下落，只見阿萬吞吞吐吐地說，沒撤出新幾內亞的部隊應該都陣亡了。

此話一出，碼頭上哀嚎聲不絕於耳，純子當場昏厥，一旁伊藤的太太強忍悲痛將純子扶回家，兩個最好的朋友竟同時成了寡婦。

純子轉醒之後，在家中魂不守舍地度過好幾天，她無法接受俊卿陣亡的事實，便暗自下定決心要親自到新幾內亞看個究竟不可，這樣她才能甘心。正當即將出發之際，突然間接到了伊藤安然回家的消息。原來伊藤被俘虜後，與其他囚犯一併被美軍送至琉球蓋機場，直到一九四五年底機場完工才被遣返，而當他回到基隆的消息，也讓許多萬念俱灰的家屬再次燃起希望。

純子連夜趕到伊藤家，希望從伊藤口中得到一絲好消息，可是他卻遞給純子一件佈滿炭跡的內衣：「只有我逃出來，俊卿應該已經為國犧牲了。」最終的希望破滅，純子痛哭失聲。可是印尼簽證已經辦好，無論俊卿是生是死，她總要親證實到才行，於是她仍然決定帶著簡單的行囊，搭上前往印尼載戰俘和撤軍的貨船。

抵達印尼後，純子四處探聽，終於找到原日本第二集團軍部的長官，長官得知純子的來意十分訝異，仔細地向她解說當時日軍如何被美軍擊潰，勸她不要白費力氣，趕緊回台灣。但是純子怎麼可能打退堂鼓，她另外買了一張船票，透過日本翻譯跟美軍溝通試圖進入新幾內亞首都莫爾茲比港（Port Moresby），因為純子片面得知美軍將日本軍的遺骸和遺物堆放在特定地點，甚至連軍服裡的家書也都仔細地搜出來成捆地集中在一起。

千辛萬苦來到莫爾茲比港，又費了很大的心力，純子才終於找到戰俘集中營，她懇求留守的美軍讓她翻閱陣亡日軍的遺物。好不容易得到允許，純子被帶到一間偌大的倉庫，只見像山一樣高的日軍遺物在面前，完全不知道該如何下手。純子耐著性子一張張翻找，看了無數陣亡青年的家書，文字中盡是對家人的思念，她想到台灣同樣有一群人的心成天懸念著，只盼一個確定的結果。因此她將每封信信末的署名、地址以及部分家書的內容簡單地抄錄下來，打算回台灣之後一一聯繫，而就在她翻到臨別送給俊卿的圍巾時，腦袋立刻「轟」地一聲，當場倒地不省人事。

原來伊藤被俘之後，美軍巡邏隊推測山上有日軍的據點，所以派了一個營的兵力前去掃蕩，土著招架不住，被打得鳥獸散。美軍清理戰場時，搜出了現場日軍的遺物，這才讓俊卿隨身的家書輾轉流入純子手上，至於屍身早已湮沒於新幾內亞的叢林裡。

從新幾內亞回到台灣以後，純子恢復單身，她的婆婆希望她留下來，而媽媽則勸她改嫁。不過純子已經打定主意，這輩子不會再婚，人生目標只有好好養育兒子朝陽，以及用盡全力開一間最出色的洋服店。

爾後，純子大張旗鼓在基隆的愛三路租了一間店面，店名還是以兒子的名字命名。多數的洋服店由顧客拿著雜誌或畫報讓師傅參考，師傅再依樣畫葫蘆，可是心靈手巧的純子有無限的創意和執行力，能依照客戶的需求量身設計獨一無二的款式，穿出門保證不撞衫，日子一久，朝陽洋服店聲名遠播，連台北的官太太和富家千金都指定到朝陽訂製洋服。

此外，純子也沒忘了戰死在新幾內亞的台灣同胞，只要有空，她便翻出當時抄錄的筆記，照著地址寫信給每一位台籍日本兵的家屬，信中告知對方自己的身分，曾在新幾內亞看到該子弟的遺物云云，再謄上家書的片段，希望對方能夠放下悲傷，繼續走下去。

收到信的人個個悲喜交集，雖然戰爭結束了，然而其實家屬的苦難才剛剛開始。他們無處打聽家人的消息，就連政府都無法確認這群台籍日本兵的下落，沒想到竟然有一位陌生人如此熱心，因此許多人特地跑到朝陽洋服店找純子詢問詳情，事情一傳十、十傳百，一群同病相憐的人相互慰藉，純子成了安慰大家最重要的力量。

同時間，朝陽洋服店也愈開愈大，許多裁縫爭相把女兒送到她的店裡當學徒，全盛時期甚至高達五、六十位，三層樓的小服裝工廠幾乎日夜開工。她不但教授裁縫技術，連服裝設計和日文亦是授課範圍。純子深知跟上潮流才能帶動商機，於是每半年就到日本深造一次，回國之後再設計出全新的洋服，只要她穿著新款式出門，就會帶動全台的流行風潮。許多政府要員的太太也紛紛慕名而來，聽說連蔣經國的太太也是其中之一。

此外，純子還在基隆愛三路買下好幾間店面出租，成為當地有名的企業家。這樣一位年輕漂亮的多金寡婦自然吸引許多男士的注目，尤其很多國民黨的高幹透過各種門路向她示好，她全數拒絕。很少人知道，她隨身帶著那條送給俊卿的圍巾，裡面縫著她與俊卿的合照。

俊卿家四代單傳，因此純子對兒子朝陽非常溺愛，朝陽書讀得挺好，一路從師大附中念到台灣大學，畢業後當專科老師。純子一心想要讓朝陽在親友面前出人頭地，而朝陽也沒讓純子失望。

在純子五十歲的那一年，她突然召集洋服店所有人手，鄭重地宣布：「我從十八歲就喜歡俊卿，嫁給他之後是我人生最幸福的時刻。現在我的人生完成了一部分，下一部分就是要讓俊卿家有後，所以我要辭掉工作，專心幫朝陽找媳婦，目標讓他生下三個孫子，以後店裡的工作就交給你們了。」此言一出，全場譁然，不過純子說幹就幹，經營權交給夥計，自己除了按時收租金，不過問任何大小事，改頭換面當上家庭主婦，每天除了買菜，就是到處找兒媳婦。

說來也是巧合，純子尋尋覓覓合適人選，最終竟找上了當年原本屬意嫁給俊卿的女士，對方毫無芥蒂同意將女兒嫁給朝陽。朝陽對婚姻沒有什麼太大意見，只要母親開心就好；她的兒媳婦因同樣出身名門，所以家務啥事都不會，但在兩個人結婚之後，純子也把媳婦當做女兒般疼愛，照樣包辦家中大小事，而她的夢想就是希望兒媳婦生三個孫子，為俊卿開枝散葉。

婚後朝陽搬至台北居住，純子將基隆每間店面的店租轉到朝陽名下，小倆口也挺爭氣，總共生了三男二女。純子生來韌性十足，做事乾淨俐落，主動包辦一家子的三餐，有時就連整個社區的一些事務都由她主導參與，成為社區知名的強人阿嬤。

純子一路辛勤到七十歲，直到孫兒們都已成家立業，她的體力也大不如前，無法操持家務才停止。她這一輩子個性獨立，所以也早就為自己的老年安養生活有了一套計畫，她不願意給晚輩製造負擔，自己在陽明山上找了一間中意的養老院，入住後集合所有的親友和晚輩，表明住養老院是自己的主意，絕非兒子的意願。

人生至此，許多人選擇靜靜等待時間流逝，不過，七十歲的純子還有最後一個夢想：她想當一位畫家，畫下與俊卿相處時一幕幕美好的回憶。不但如此，因為聽了很多日本兵到海外作戰的悲慘遭遇，她同樣用畫筆一幅幅地記錄下來，還舉辦了數次畫展。

純子在最後一次畫展的開幕式裡揭露了一幅畫，這幅畫是當年俊卿要上船之前，身著軍裝、手拄武士刀、脖子上圍著那條圍巾，威風凜凜地坐在椅子上的戎裝像。現場開始拍賣，最後由從日本飛回台灣參加開幕的伊藤太太出價一千五百萬日幣買下，感念當年俊卿在叢林的自我犧牲，使伊藤能逃出重圍。當天畫展結束的晚上，純子安詳地離開人世。

二戰期間，很多台灣的年輕人到南洋當兵，上千個家庭就此失去了溫暖，純子與俊卿的相處只有短短數年，卻支撐了她一生。她的婚姻和事業，全靠自己努力爭取，雖然她兒孫滿堂卻沒有享受過多的晚福，但是她毫不在乎，因為人生的三大夢想全數實現了，已無悔恨。無論身處哪一個時代，純子都算是一位開創風氣、建立標竿的新女性。

‧父親‧

民國三十八年時，父親秦裕江隨著國民黨逃到台灣，雖然他在大陸念過幾年書，以當時的教育水平而言實屬難得，不過人生地不熟，仍舊找不著工作。無奈之下，只好先在基隆港當起搬運工人，有一搭沒一搭地打零工。

當時同船的難民，在台灣肥料二廠旁邊的山坡地搭起一個個的草棚，一夥人就這樣克難地度過每一天。之後所幸山東省主席與愛國船商賀仁菴先生共拿出了十萬元，召集所有壯丁蓋起了齊魯新村，每一家分到一戶，流浪天涯的難民才有了遮風避雨的住所。

民國四十四、五年左右，父親因長期負重傷及背部，手頭上沒有閒錢可以好好治療，而碼頭的工作愈來愈吃力，幾經思索後，決定改行踩三輪車。

從日據時代開始，基隆憑著豐富的礦藏與位居海港，一直是個蓬勃發展的熱鬧地區，往來的人口川流不息，因此漸漸發展起三輪車的市場。一開始多是集中在基隆碼頭，後來規模日益擴大，來自五湖四海的三輪車伕組成了猶如幫會的組織，組織裡按照不同路線劃分成幾十個小組，各組的頭目不需出車，只需負責排班和收規費，任何想要加入的人，都得交錢給組長。

按照幫規，各組成員只能在自己的地盤內排班載客，若是車伕在別組的勢力範圍私自載客，可是犯了行規大忌，被發現一定引發拳腳衝突。不過，由於各地區的人潮落差很大，熱門與冷門組別一天收入可以相差五倍以上，所以仍有不少人甘冒著皮肉之痛越區載客，各組之間的私鬥時有所聞。

父親一開始被分配靠近現今基隆安瀾橋一帶的二十一組，由於地點偏僻，收入自然較低。所以他自掏腰包花了些錢，終於轉調到生意最好的三十六組，專跑當時稱作「小上海」（即今日仁五路一帶）的風化區。

該組的組長是一個東北人，叫萬大虎，這個人好勇鬥狠，時常帶頭跟鄰近的三十四、三十五組打架，由於出手狠辣，江湖上送他一個外號叫萬閻王，三十六組的地盤幾乎都是他用拳頭一寸一寸打出來的。

基隆到處都是山，所以要拉車得靠三件事：體力要好、拳頭要硬、打架不怕死，挺得住才能吃得了這行飯，幸好父親的腰腿底子不差。而自從他踩起三輪車之後，家中的經濟確實也改善了許多，賺錢的機會得來不易，父親自然不敢怠慢，即使回家吃飯時，都要我哥哥跟他輪班，深怕收入又斷了。

不過，搶地盤的衝突三天兩頭就發生一次，哪怕是爭一條巷子，各組都要打得頭破血流，甚至是重傷殘廢的都有，可是父親與各組的山東老鄉都有交情，打架時當然下不了重手，所以組員時常嫌棄他不夠賣力，最後甚至連萬閻王在輪班時也會刻意將父親排至最後一班，讓他載不了太多客人。因此，父親在三十六組始終升不上頭目，成了人人可欺的小媳婦。

民國四十六年的端午節，許多台籍的煤礦商在小上海的大酒家開會，連同黨政軍要員們也都一齊來訪，因此坐三輪車的人特別多，正好落在三十六組的地盤上，所以組員忙得不得了。隔著一條田寮河的二十七、二十八和二十九組眼紅對岸的生意好，二話不說就衝過橋來搶客，三組人仗著加起來人數比三十六組多，硬是要分一杯羹，雙方一言不合立刻打了起來。

這三組人的成員多半是四川、湖南和湖北人，平時和山東掛的多有摩擦，而且這一回他們更是帶著傢伙，每個人都往死裡打，激烈到連警察都阻止不了，只能任由情勢自行發展。為了保障自己還有口飯吃，我父親也參與了這一場鬥毆，眼看著河岸的另一邊七、八個人圍毆萬閻王一個，我父親立刻衝過去解圍，兩個人力抗七、八名大漢。我還記得當天父親回家時滿頭是血，一條腿還被鐵棍打斷，差點連命都沒了。但是經過這一次大戰，父親在組內的地位大大地提升，連二十七組、二十八組和二十九組的人都敬他三分。

由於護主有功，萬閻王有意提拔父親為二當家，可是父親心中卻萌生退意；一來打打殺殺的日子風險太高，而且流血衝突發生之後，警察局竟不聞不問；二來組織的規矩太不合理，凡是要拉車的，每天得繳五塊錢給組織，除了支付警察的規費，其他全進首領的口袋，猶如剝削勞工。為此父親決心改行，在村子口開了一間小雜貨店。

父親在親友間的形象正派，而且村民買賣都是現金交易，時間一久，生意自然蒸蒸日上。只是沒想到伯父卻覬覦雜貨店的生意，竟然要求父親將店面轉讓給他經營。以現在人的眼光看來簡直是異想天開，可是在舊社會裡長兄如父，只要不分家，家族財產一概交給老大分配，好比過去我父親所賺的錢，全數交由伯母處理。因此，父親只能忍痛將雜貨店交給伯父，自己重操舊業，民國四十九年時，父親再次踏上三輪車。

此時三輪車幫的局面跟過去大不相同；幫內主要分為兩大派系，其中三十二組、三十三組、三十四組與三十六組以山東掛為主，由於父親開雜貨店時幫過許多鄉親，所以大家推舉他為共同組長。父親上任後首先打破每天上繳五塊錢的陋規，若有警察來收規費，一律大家平攤；接著再重新規劃路線，讓人人有飯吃。

要知道這些車伕臥虎藏龍，有軍閥時代的將軍、前清的秀才、大學畢業生、地主的兒子，甚至還有逃犯，不過父親的領導讓大夥兒心服口服，全盛時期領導著一百多輛三輪車，稱得上是基隆生意最好的組，以現在的標準來看，父親相當於計程車公司的總經理。

那段時光也是家中經濟最穩定的時候，到了民國五十一年時，甚至還有預算讓我去讀幼稚園，我的兩個哥哥、姊姊與妹妹都沒有這份福氣，可見日子有多好過。而且車伕多半是光棍，每天下班後沒事做，吃完飯後自動到我家集合，門外停著三、四十輛三輪車，門內是一群中年漢子喝酒聊天。即使離開了家鄉，父親依然展現了無比的領袖氣質，他重承諾、講義氣，擅長調停糾紛，對外人非常大方，日後三輪車幫裡有十幾位隻身來台的叔叔伯伯的後事，全由父親一手包辦。

除了與人為善，父親對祖父的孝順更是數十年如一日，每天親自下廚做三餐給祖父吃，下班之後還會特地買肉、買魚，煮好之後恭恭敬敬地放在祖父面前，規定母親和孩子都不能碰。印象深刻的還有一件事：祖父晚年時生了病，村裡懂中醫的鄉親告訴父親，在台北大龍峒一帶有一位醫術精湛的大夫，可能治得好祖父，父親二話不說，一大清早便從基隆踩著三輪車帶祖父就診，直至深夜才回家。日後，祖父得了阿茲海默症，生活逐漸不能自理，父親每天幫祖父穿衣洗澡，毫無怨懟。

但是到了民國五十五、六年左右，三輪車幫裡三十六組的山東掛與二十九組的四川掛因搶客人而爆發衝突，其中一位山東鄉親被打成重傷，父親氣不過帶隊前去理論，雙方愈吵愈兇，立刻打起群架，附近的警察局接獲民眾報案，全員出動鎮壓，所有人都被帶回警局關起來，還有人送管訓。幸好父親認識基隆市黨部秘書牟先生，牟先生出面至警局保人，父親才能全身而退。

經過這一次的糾紛，我父親才鐵了心離開三輪車業。他想起在踩三輪車的休息時間，曾看過很多人蓋房子，當時心中認定建築業值得一試，於是將三輪車轉租，捲起袖子，轉行當起泥水匠，從事起了建築相關的行業，日後更開了一間建材行。

看著祖父日漸衰老，父親也開始思考祖父的身後事。按照當時流浪到台灣來的北方漢子來說，身處異鄉舉目無親，葬禮往往因陋就簡，死後隨便找幾片三夾板釘一釘，挖個坑埋了就算交差了。不過依照父親的個性和孝心，絕對不能草草了事，他將三輪車收回，賣了天價的三萬塊，接著到基隆市南榮示範公墓區買了一塊墓地備著，在當年只有有錢人才能葬在示範公墓裡。等到祖父彌留的時候，父親意識到時日無多，更特別跑到羅東買了一塊紅檜，雇了一輛卡車運回家，請木工做一副壽材，當上好最後一道漆，祖父正好離開人世，父親的孝親之路才告一段落。

當年父母親帶著二哥在上海逃難時，二哥落下了中耳炎的病根，可是父親沒錢幫他治病，就這麼一天拖過一天，二哥的雙耳腫得像桃子一樣。到了台灣之後，我父親剛開始踩三輪車，經濟狀況正要好轉，街坊鄰居便紛紛勸他趕緊帶二哥去就診。

這天，父親帶著二哥，拿出身上僅存的錢在附近的小診所掛了號，可是醫生看了直搖頭，斷定二哥的耳朵沒救了。父親一聽氣得把二哥抱上三輪車，就這麼一路踩到台大醫院急診室門口，打算換一位醫生診斷。可是口袋裡一毛錢都沒有，怎麼掛號呢？情急之下，向來不願意求人的父親只好找一位長輩商借二十塊，這才給掛得上號。

急診室的醫生看了二哥的狀況說：「兩隻耳朵都要開刀，開了以後最起碼都還可以聽得到。」

「手術費多少？」

「先繳三千塊保證金。」

連掛號費都沒有了，怎麼籌得出三千塊？正愁著無處借錢時，猛然想起才讓給伯父不久的雜貨舖，算一算過去自己賺得的利潤，要湊足三千塊錢沒問題。於是他先安排二哥住院，驅車趕回基隆，懷著滿腹希望找伯母拿錢。誰知道我的伯母竟然耍賴，推說錢已經花完了，擺明了不願意拿出來。父親牙一咬，整晚不睡四處拍門籌錢，加上母親每日納鞋底與烙煎餅辛苦存下的五、六百塊，終於湊足保證金讓二哥開刀。

哪知道醫生接著又說，手術過程需要輸血，得先去血庫買血漿。已經山窮水盡，哪裡買得了呢？於是父親只能捲起自己的袖子，前後共抽了四千C.C.的血，抽完以後立刻昏倒。不過，最終二哥的手術算是成功，雖然聽力很差，至少不致全聾。可是伯母見死不救的離譜行徑，也種下了日後父親和伯父分家的主因。

伯母自幼以童養媳的身分嫁到家族裡，幫忙打理大大小小事務，因此父親始終都很尊敬她。不過，伯母時常藉故說母親的壞話，而父親對伯母深信不疑，因此常常酒後對母親拳腳相向。一直以來都逆來順受的母親終究不堪長期的精神壓力，最後竟出現了憂鬱症的傾向，父親這才驚覺事態嚴重，將母親從基隆送至台北靜養，並且私下開始打聽母親的為人處事。一打探才知道，多年來全是伯母搬弄是非。父親勃然大怒，決心與伯父分家，自此雙方恩斷義絕。

父親的個性向來是決定了就終生不改，因此在往後的日子裡，即使他常路過伯父家，卻連一次招呼都沒打過，但是他還是要求我們逢年過節一定要去請安，盡晚輩的本分。

兩家決裂之後，父親和母親爭執的次數少了許多，兩人感情變得較為融洽。不過母親是一個不記仇的人，病情穩定之後，她依然視伯母為家族長輩，不時到她家走動幫忙，彷彿什麼過節都沒發生。

而伯母心中有愧，一直想要跟父親見一面，甚至到了她臨終之前，最後的遺願就是化解這一段恩怨，可是父親始終不願出面，就連她過世之後也一手包辦了伯母的喪禮，卻仍堅持不肯與伯父一家重修舊好。等到伯父晚年住進基隆的仁愛之家養老院，父親才終於肯放寬標準，常假借探望朋友的名義，跟自己的哥哥見見面。他總是幫伯父整理房間，臨走之前在桌上留點錢，甚至把伯父接回家裡，不但幫他洗澡，甚至弄些好酒好菜請他打打牙祭，不過最奇怪的是，兩人一句話都不說。我想父親的心裡還殘留著從小到大的傳統倫理觀念，內心十分尊敬伯父，可是年紀大了，雙方誰也拉不下臉先低頭。

只是遺憾的是，有一天當我們去仁愛之家探望伯父時，他老人家竟然失蹤了！機構方面推說以為是我們將伯父接走，也一籌莫展。接下來的日子裡，父親四處留意各地的老人走失、路倒與無名屍之類的消息，只要一有消息，立刻動身前去相認，最遠還到過花蓮，只是我們再也沒有見過他。

人的際遇往往跟命運有很大的關係，我常常想，父親如果沒有來台灣，他一定會是個地方上的領袖，因為他好打抱不平、樂善好施，認為幫助人是一件很有面子的事情。他對自己非常節省，一雙鞋、一件衣服，可能要穿上十年、二十年，破了再補，補了再縫，如果打破一個碗，他能罵上三天；但若是出門在外幫婚助喪，無論三千五千還是十萬八萬，他眉毛都不皺一下。

在經營建材行時，孤家寡人的老鄉來家裡開飯稀鬆平常，連他們住的房子，甚至是後事的張羅，全部由父親打理，經他送走的同鄉少說有五、六十個，表現出他為人仗義、不計較金錢的看法。

甚至晚年買墓地時，他更一口氣訂了十個，要我去付錢，我老大不情願地說：「買一個不就得了？為什麼買十個？」

「你不懂，我要找九個好朋友，以後住在一起。」

「拜託，哪有人這樣找鄰居的？」

他老人家不管，開出名單找我一一去拜訪，逢人就說：「我們這輩子都是老朋友，我有一個建議；金山萬壽山有一片漂亮的墓地，我買了十個，我想邀請你一起來。」

奇蹟的是他找的九位叔叔伯伯全部欣然同意，還一起包車去看風水。末了我父親還提了一個優惠方案：「地價稅永遠是秦嗣林繳。」一干老人鼓掌通過。一般人談到身後事總有些忌諱，可是這群大叔非但不在意，還巴不得跟他當鄰居，足見父親重情重義。

爾後父親生意失敗，曾經一度意志消沉，但是還是把所有的債務都給還清了，在山東老鄉來說是非常難得的一件事。後來我開始投入當舖業，常誇口說借錢是我的特長，但是不可諱言的，我的功力再強，其實全是憑著父親一輩子累積的口碑，才能順利得到同鄉和親友的幫助。

山東日照老鄉不認識我父親的很少，可是無論是販夫走卒還是社會名流，從沒有一個人奚落他、懷恨他，這是我自己認為這輩子奉為圭臬的目標。父親可以說是為了別人而活的人。

雖然父親對外人慷慨，可是對家人可是錙銖必較，民國七十幾年時，他與我因處事態度起了爭執，老先生執意要跟我分家，分書上註明大千當舖原有的資本八百萬，欠款四百萬，算是我跟父親借的，每個月要付他利息；另外當舖執照也是父親租給我的，按月支付租金。換句話說，名義上是分家，實際上我一毛錢也沒拿到，只留下大千當舖的經營權，每個月還要付兩份錢給他。幾位來見證分書的長輩覺得條件太過苛刻，我吃了大虧，因此不敢在分書上簽名，他們問我有沒有什麼意見，我雖然覺得奇怪，可是父親一定有他的考量，反正肯定不會害我，於是我說：「沒問題，簽吧。」

自此之後，我每個月一號都要按時付錢給他，而他每次都算上三遍，深怕我占他便宜。有時候我忙到暈頭轉向，晚了幾天給他，他還會斥責我：「我們講好是一號，現在是五號，這是我吃飯的錢，你不給我，我不就餓死了嗎？」

不過，他的開支不多，存了幾個月後又一次交給我當作當舖營運資金，當然，利息還是照算。日積月累，他變成我最大的金主。他靠著利息到處幫人，回老家探親時還了不少人情債，做了不少好事。

不過歲月催人老，日後父親的身體愈來愈差，最後住進振興醫院，檢查出已經罹患肺腺癌第三期。我永遠記得住院的第二天正好是付利息的日子，我當著他的面把錢算給他，誰知道父親竟然雙手一推說：「不要了。」

我驚訝地問：「怎麼就不要了呢？這筆錢你每個月都算三遍的，你不要了我要給誰？」

他說：「我不要了，你要給誰都行。」

「以後你還有很長的時間，看病什麼的，還是需要錢。」

「我不會好了，所以不需要錢了。」

「那……你要留給誰你跟我說，我一個個寫下來。」

「這個錢不是我的了，已經是你的了，分家的時候沒分給你，現在統統是你的了，你自己想。」

原來他要求我每個月給他錢，是要我養成一個孝敬父母的習慣，不是我應該給他月例錢，而是我欠他錢。照理說當舖的經營我起碼有一半的功勞，但是他全部拿走，再借給我收利息，如果我沒有按月付費，所有資本他會全數收回。藉由看似不近人情的方式與金錢觀念，他訓練我嚴格地管理金錢。

綜觀父親的一生，他對自己的志節要求很高；對朋友義薄雲天；對子女的教育深具智慧。我這一輩子汲汲營營，在江湖走跳卻能全身而退，全是因為父親所樹立的典範，指引我不致走上歪路。

第二章

離散的年代，未完成的告別

刺青

伍叔叔本名叫伍思翰，江蘇鹽城人，雖然他是南方人，可是身高超過一米八五，魁梧得像一座鐵塔似的。伍叔叔在父親的建材行擔任搬運工人，從小我就看著他駕著滿載水泥、木料的三輪馬達貨車，鎮日穿梭各個工地。他力氣大得出奇，一口氣能扛三包水泥，當他站出來，活脫脫就是水滸傳裡的草莽英雄，所以父親都管他叫「大漢」，他則叫我父親一聲「三哥」。

此外，伍叔叔渾身刺滿了「殺朱拔毛」、「反共抗俄」與國旗等愛國刺青，有時搬水泥搬到滿身汗，他貪涼打了赤膊，遠看就像是個渾身龍飛鳳舞的流氓，嚇得鄰居大呼小叫，每次遇到這種狀況，我父親都衝著他大喊：「大漢，衣服穿起來！」至於他的身世，連我父親都不清楚。

雖然伍叔叔的外型兇惡，但卻很喜歡跟我們這群小毛頭講一些妖怪狐仙之類的鬼故事，每一回總是嚇得我們晚上不敢入睡。一直到我讀國中一、二年級的暑假，照例在建材行打工，時常跟著伍叔叔的貨車全基隆跑透透，四處送建材，才開始跟他愈來愈熟。

某個陰雨的週日，工作特別少，我們兩人百無聊賴地等生意上門，我看著伍叔叔身上醒目的圖案，好奇地問：「伍叔叔，你身上的刺青怎麼都跟別人不一樣？我看過刺龍刺鳳的，很少看過像你這一種的？這是怎麼來的呢？」

伍叔叔顧左右而言他，敷衍地說：「這沒什麼好提的，來，我跟你說另外一個故事。」可是當他故事說完，我還是不死心繼續追問：「我還想要聽你身上刺青的故事。」「這……這要講很久，不要啦。」伍叔叔仍是不願意多說，但好奇心被點燃怎麼可能輕易就熄滅，終於在經不住我的死纏爛打下，伍叔叔娓娓道出了自己的身世。

伍叔叔原來出身自富貴世家，從小不喜讀書，特別好武，常常四處拜師學藝，長大後常打架滋事，在文風薈萃的鹽城，這一類好鬥的人可不受歡迎。抗戰爆發後，他的父親心想既然這個孩子靜不下來，不如把他送進國軍游擊隊裡磨練磨練，選兵的軍官見他高頭大馬，分明是一個當兵的料，敞開大門歡迎他，那一年，他才不到二十歲。

之後，伍叔叔便開始跟著游擊隊東奔西跑，扛一把槍到處混飯吃。國共內戰時，在江陰要塞跟解放軍部隊正面駁火，連打了六、七天，最後要塞還是失守了，因此他也跟著被俘虜。不過當時共軍與國軍的關係錯綜複雜，許多共軍的將領皆是出身黃埔軍校；而抗戰時，亦有不少共軍部隊被收編至國民黨部隊。所以他被俘虜了以後，當場改披掛著紅星的共軍制服，立馬變身解放軍，端起槍改打國軍。等到大陸解放以後，伍叔叔回到鹽城才發現，因政局改變人事全非，自己在農村的生產大隊上找了一個穀倉管理員的工作，與父母、妻子相依為命。

一九五〇年韓戰爆發，美國聯軍從釜山登陸，北韓軍隊被打得節節敗退，因此毛澤東下令彭德懷組織抗美援朝志願軍馳援北韓，名義上是志願，實際上是每一個地區規定參軍人數，沒人志願就點名或抽籤。當時伍叔叔剛剛成親，還沒過幾天新婚日子就被點了名，他根本來不及跟太太說聲再見便被推上運兵車，開拔到東北整訓。

抗美援朝志願軍將近四十萬人，雖然沒有精良的裝備，但是每次與美軍交鋒時，個個奮勇異常，初期就將美軍打得難以招架。因為伍叔叔體格健壯，因此每一次都被編進衝鋒隊，他福大命大，頂多受一點輕傷。所以在抗美援朝前期，立了不少戰功，升官到班長，不過他志並不在沙場，一心只盼著戰爭趕緊結束，回家與老婆團聚。

但是天不從人願，沒想到接下來的一場三十八度線的爭奪戰上，部隊遭到猛烈砲火包圍，整個師幾乎全被殲滅，最後只剩下三百多人被俘。這一票人被送往戰俘營，從此改變了伍叔叔的人生。

再怎麼激烈的戰爭也終會有結束的一天，戰後美軍也有不少軍人被擒，因此美軍希望透過戰俘交換的方式，讓彼此的人質趕緊回家，而戰俘營中的中國人可以自由選擇要回到中國或是前往台灣，所以國民黨與共產黨兩大勢力便為此相互較勁著。

雙方使出渾身解數，無論動之以情還是威脅利誘，極力拉攏人馬。伍叔叔因為個頭高大，走到哪裡都成為眾人的焦點，所以國共雙方特別積極爭取他加入。但伍叔叔一來對國民黨沒什麼感情，二來思鄉心切，因此心中早已決定要回中國。不過，國民黨的人馬為了逼他就範，一天夜裡假意請他喝酒，竟趁他喝得不省人事之時，在他的肩膀給刺上反共標語。等到隔天一早，伍叔叔帶著宿醉醒來，發現身上多了「反共抗俄」、「殺朱拔毛」八個大字，嚇得腦筋一片空白。

等到回過神來，他也明白在一群共產黨擁護者的眼中，自己已然變節，即使說破嘴皮子也沒有人相信他是被逼的，朝思暮想的家，再也回不去了。當時伍叔叔心一橫，乾脆做得徹底，於是每一次開會就多刺一些圖樣，慢慢地全身都佈滿了刺青。據他所說，當時一萬四千個遺送台灣所謂的反共義士中，大約有三分之一都是被迫表態。

一開始，國共雙方的搶人大戰是以拉攏為主軸，還算相安無事，但到了後期，競爭意識愈趨白熱化，竟然開始出現暴力事件。一天晚上，當伍叔叔睡得正香時，冷不防被狠狠敲了一記棒子，迷迷糊糊之間只知道手腳被捆住，幾個人將自己拖往營房外頭，一下子扔進土坑裡，接著一個個同樣被綁住的人體歪七扭八地疊上來，耳邊傳來一陣陣剷土的聲響，伍叔叔清楚知道自己正被活埋，可是毫無抵抗能力。

到了第二天早上，美軍發現人數短少，而且營房旁邊出現一座新的土丘，趕緊差人開挖，這一挖竟然就挖出十個人，其中幾個再也醒不過來，但伍叔叔奇蹟似地活了下來。國民黨一方不甘心白白犧牲，沒隔幾天便反偷襲，同樣殺害了幾個人。美軍擔心暴力事件愈演愈烈，除了加強警戒，同時加速換俘的工作。

決定去向的那一天，抗美援朝志願軍稱之為「審判日」。會說中文的審訊官和戒護的憲兵待在小房間裡，出口分成左右兩扇門，要去台灣的走右邊，要回中國的往左邊，只要哪一邊的出口多一個人，都會受到熱烈的歡迎。為了避免戰俘受到他人影響，一次只准一個人入內，兩派人馬統統隔離在外。

所有人進場之前，都會先受到兩派幫眾恐嚇；什麼「你要回歸祖國，千萬不能叛變！」「到台灣才是真正的自由中國！」等激烈的口號不絕於耳。有的人態度堅決，當然也有人搖擺不定，而伍叔叔就屬於後者。前一天晚上，伍叔叔與另一位身上也被刺上反共刺青的同鄉林先生聊到該去何方，商量商量著，兩個人便說好一起回大陸。

隔天，伍叔叔在國民黨的支持者歡呼聲下走進房間，心裡也直掛念著父母和妻子，當審訊官問他：「你要去中國呢？還是去台灣？」

他想到身上的刺青，仍咬著牙說：「我……我要去中國。」

審訊官一臉狐疑地看著他說：「你身上刺了這麼多反共標語，能去中國嗎？回去的話，性命堪憂喔。」雖然伍大漢早已衡量好利弊得失，但是聽到審訊官這麼一問，仍不免心生猶豫。

但沒想到僅僅幾秒的遲疑，美國憲兵不由分說，竟動手把他抓到往台灣的出口。等到伍叔叔掙脫憲兵的掌握，一群前往台灣的戰俘便立刻將他高高舉起，大聲歡呼，不久，又聽見另一邊的人馬同樣喝采。事後與林先生雙方各自搭上不同的軍用卡車，前往截然不同的人生。

伍叔叔與一萬四千位反共義士從釜山搭著軍艦抵達基隆，由蔣經國親自接見。由於伍叔叔個頭最高，因此長官安排了他帶隊下船，希望能讓這一群反共義士風風光光地踏上台灣的土地。可是他下船看到一片陌生的景象，竟然立刻跟長官要求：「拜託，讓我回大陸吧。」這一聽當然讓長官無比震驚，並認定他的思想大有問題，於是才剛踏上台灣的土地，當天就被關進牢裡。

至於其他的反共義士均被安插到部隊裡，只有伍叔叔被高層判定不適合當兵，勒令退伍，因此他成了第一位抵達台灣的反共義士，也是第一個被開除的人。

在台灣的伍叔叔人生地不熟，只能在基隆港應徵碼頭工人，所幸他體格強健、臂力驚人，很快就找到工作，而且碼頭工人的薪水挺好，工作一天還可以休息一天，他一幹就是兩年。不過，國民黨仍懷疑他是匪諜，每天派特務監視他的一舉一動。而碼頭工人多是本省籍，特務不時煽動碼頭工人的工會排擠伍叔叔。原本伍叔叔的個性就衝動，加上思鄉的絕望，動不動就打架鬧事，最後終於被逐出碼頭。

走投無路的伍叔叔，最後只好找了一個挑水肥的工作。會幹這一行的人多是在社會最低層打滾的群眾，彼此常起口角，有時酒喝多了就打架，伍叔叔挑了一年多也挑不下去了，就在這時候他認識了當時在踩三輪車的父親。

父親認為伍大漢雖然脾氣暴躁，但是個性還算忠厚，於是介紹他到自己所屬的三輪車的小組，與別人分踩，賺一點生活費。伍叔叔單身一人，在港務局附近找了一個廢棄的倉庫權充住家，即使環境破爛不堪，但是日子就這麼過了下去。好幾次三輪車的小組之間為了搶地盤爆發肢體衝突，伍叔叔都會幫父親突圍，保護父親免受重傷。後來，父親自己開建材行，就把伍叔叔給找來送貨，每個放假日他都來上工，空閒時就坐在店門口幫我母親帶孩子，跟我們講講故事。現在回想起來，伍叔叔就像是家裡的長工，這一做就是六、七年。

有一天，父親跟他說：「大漢，你平常睡在碼頭倉庫，還不愛洗澡，這樣子實在不行。最近我看到基隆法院附近有一間違章建築，屋主開價兩萬，我幫你作主買了下來，你之後就搬去住吧。」伍叔叔聽了開心地直拍手，嚷著來台灣十幾年，第一次有一個家，之後我們幾個孩子更不時常跑去聽他說一些鄉野奇談。

日後父親生意失敗，將伍叔叔轉介紹到公園頂菜市場當管理員，凌晨三點上班，中午兩點便下班，遇到攤商糾紛，他只消威風凜凜地往外一站，沒人敢說第二句話，生活還過得去。只是他沒事喜歡喝兩杯的習慣還是沒改，常常跟人起衝突，生活習慣邋遢成性，因此一直沒成家。這就是伍叔叔身上刺青的由來，以及他前半生的故事。

到了兩岸開放探親的那一年，伍叔叔來找我父親，表明他這幾年存了二十來萬，想回老家與親人團聚，請父親幫忙辦手續。父親不放心地問：「我們一般人回去沒有問題，可是你身上刻了這麼多字，回去會不會有麻煩啊？」

「我穿長袖遮起來就沒問題了。」

赴大陸探親的手續很順利，伍叔叔帶著簡單的行囊上了飛機，聽說不久之後便返台了，不過卻沒有聯絡我們。我偶爾會想起他，不過當時因為我已經搬到台北，加上工作太忙，就把這件事給拋到腦後。

終於過了一陣子，我特地抽空到基隆找他，卻發現大門深鎖，叫了半天也不見回應。左右鄰居都說他已經回來了，但是一直沒看到人影。

又過了一個多月，我再次前往，一樣撲了個空，我心想不對，立刻去派出所報案，承辦警員將其列為失蹤人口。隔了一個星期後，警員打電話給我說，依照出入境管理局的資料，伍思翰確實已經返台，但左右鄰居也說已經很久沒看到他了。

員警會同里長打開大門，發現行李箱和證件擺得好好的，但是屋內缺乏有人活動的跡象。我跟父親可著急了，後來我們冷靜思考，伍叔叔好打架鬧事，平常沒幾個朋友，就算有，也被他打跑了，所以沒幾個地方可以投靠，乾脆到港務局附近的破倉庫找找看。

我們爺兒倆驅車前往港務局，在廢棄的倉庫裡找了半天，突然聞到一股惡臭，循味望去，一個渾身汙穢不堪、幾乎不成人形的流浪漢癱坐在地上，仔細一瞧，正是伍叔叔！

我們問他為什麼在這裡，他卻一句話也沒應。我和父親強忍噁心，架著他上車回家，狠狠地幫他洗了個澡，可是身上的臊味熏得滿屋子都是。父子倆再把他推進浴室，七手八腳地剪去和髮垢結成餅狀的頭髮，拿出菜瓜布整整幫他洗了一天，總算把伍叔叔給恢復人樣。

折騰了一天沒吃東西，父親買了幾瓶酒和小菜，要他坐下來填飽肚子，我一個勁地問：「伍叔叔，你讓我們擔心死了，一、兩個月都不見人影，還成了這副德性，到底發生什麼事兒？總該告訴我們啊。」本來伍叔叔不願透露，可是酒過三巡，他終於說出回鄉的經過。

伍叔叔回到老家時正值夏天，為了遮住刺青，即使熱得汗流浹背，他堅持穿著長袖，鄉民除了覺得這個老鄉衣著怪異，倒也相安無事。經過打聽，他的太太早已改嫁，伍叔叔自知不方便再與前妻碰面。父母親已經去世，家人只剩哥哥跟妹妹，哥哥看伍叔叔沒帶什麼錢，互動不免冷淡；妹妹受到政治的牽連，家境不是太好，可是念在小時候的感情，對伍叔叔還是很親熱，甚至鼓勵他先在家裡住下，試試看能否在當地找一份工作。這席話讓伍叔叔聽了感動不已，交給妹妹一枚金戒指，算是紀念得來不易的兄妹之情。

伍叔叔安頓下來之後，首先想起當初說好一起回到大陸的同袍林先生，他四處問人，花了兩天時間才找到林先生的老家，可是一問起林先生的下落，所有的親戚噤若寒蟬，沒人敢多說一句。

伍叔叔不明就裡，向老一輩的鄉民打聽，一位老人家偷偷地告訴他說：「這個人因為身上刺了反動標語，回來以後立刻被關起來，不到兩個月就病死了。」伍叔叔聽了半天說不出話，想起當年審判官若是沒強迫他到台灣，自己的命運不知道會是什麼。如今父母雙亡，太太又已改嫁，心中一片淒涼，興起了不如歸去的念頭。

有一天，伍叔叔在妹妹家裡耐不住酷暑，見到庭院中有一個水井，決定脫下上衣沖個涼，可是他沒留意圍牆太矮，衣服一脫，全村的人都看到了身上的刺青。當天晚上，公安直接找上門，懷疑他意圖不軌，請他到拘留所裡聊一聊。

伍叔叔整整被審問了五天，但礙於台胞的身分，公安也拿他沒辦法，最後只能強制他離開鹽城。伍叔叔身心俱疲地回到妹妹家，誰知妹妹一臉驚恐地說：「當年抗美援朝之後你逃去台灣，我們被黨批鬥得多慘，差點活不下去。現在你又鬧了這麼大的事，惹得公安天天來查訪，我們的日子還要不要過？我現在就告訴你，你以後不要再回來了。」說完拉過伍叔叔的手，將金戒指塞還給他，表示兄妹之情到此為止。

連最後的親人都與他劃清界線，伍叔叔就此失去了生存的動力，回到台灣之後失魂落魄，躲到港務局倉庫的老窩，準備絕食自盡。可是餓到極點又忍不住出外找東西吃，最終成了人不像人、鬼不像鬼的流浪漢。

聽完伍叔叔返鄉的經歷，三個人陷入一片沉默，良久，伍叔叔絕望地問：「三哥，你看我該怎麼辦？」

父親想了一想，語重心長地勸他：「大漢，你這一輩子就是好勇鬥狠愛喝酒，從年輕跟人家打到老，才會到現在孤苦伶仃。可是這樣子尋死也不是辦法，是不是該想想有沒有重新開始的機會？這樣吧，反正你在台灣幾十年也沒幹出什麼事情，我正好要回山東青島探親，你跟我一起去，說不定能在青島找到發展的機會，路費就算我的。」

兩老一同前往山東，父親遇到一位同鄉，他的兒子在即墨市經營一間食品工廠，員工約一、兩千人，由於工人多來自外地，時常搞小團體，彼此之間常有摩擦，而且有些員工手腳不乾淨，還會無故曠職，讓這位台商好生頭疼，希望找一位能鎮得住腳的工頭。父親一聽就說：「這個好辦，那個人就在我住的酒店，明天我帶他來。」

第二天父親把伍叔叔帶去跟台商碰面，父親自信滿滿地介紹：「你看，這個人體格高壯，還會武功，特愛打架，絕對夠兇，再適合不過了。」

台商上下打量了一陣，問伍叔叔說：「你會不會管工廠？」

伍叔叔據實以告：「我從來沒管過，但是我知道要會打架才行。」

台商也很乾脆地說：「那好，你先來試試看。」

沒想到伍叔叔才上任沒幾天，就碰上工廠的廚房工作人員因為油水分配不均鬧罷工，當天中午一、兩千名工人都沒飯吃，大夥兒肚子餓了脾氣就上來，與廚房工人起了衝突；到了下午更演變成沒人願意上班，有的開始打架，還有人嚷著要放火，台商看了乾著急，趕緊請伍叔叔出面。

伍叔叔毫不含糊，三兩下就把廚房鬧事的首謀打趴在地上，掄起繩子一個個綁在工廠的倉庫門口，其他鬧事的工人見狀，紛紛安靜下來。接著伍叔叔把上衣一脫，露出一整片「殺朱拔毛」、「反共抗俄」刺青，劈哩啪啦地把所有工人罵了一頓，這群工人先看他打人不手軟，再看到身上刺的標語，心想這個傢伙連共產黨都敢反，肯定來頭不小，沒人敢再鬧事，馬上回到工作崗位上。當天晚上廚房順利供餐，台商特地打電話向我父親致謝。從此以後，工人乖乖上班，廠區不曾發生任何失竊事件。

隔年我和父親到青島探親，特別去探望伍叔叔，我說：「伍叔叔，真看不出來你是管工廠的料，可是你向來都是孤家寡人，怎麼會把這幫人治得服服貼貼呢？」

伍叔叔挺著胸膛說：「哼，我年輕的時候當兵當那麼久，喊個口令做個動作當然不成問題，說到打架，又有誰打得過我。再來就是這一身刺青，他們還把我當成梁山好漢呢！所以每個人都怕我。」

不僅如此，台商見他表現出色，時常幫他加薪，同一年，伍叔叔在工廠認識了一位四川來的女子，兩人日久生情，竟然決定步入禮堂。我和父親參加他的婚禮時，驚訝地說不出話來。一位幾十年來委靡不振的長工，最終成為走路有風的台幹，誰能料得到伍大漢老來竟走了大運，實在令人欣喜。

兩年後，伍叔叔回台一趟，特地來找我，我見他臉色蠟黃，於是問他：「伍叔叔，最近還好嗎？」

他搖搖頭說：「我老覺得身體有些問題，只是還沒去檢查。」

我心裡一沉，依伍叔叔好強的個性，要是他都覺得不妙，問題一定不小。所以我帶著他到榮民總醫院檢查。等到報告出來的那一天，醫生宣告是肝癌末期，我們兩個人坐在榮總中正樓的一樓大廳，彼此都不知道該怎麼安慰對方。伍叔叔突然冒出一句：「我給你講一個故事吧。」

「你怎麼還有心情說故事？」

「這是最後一個故事，再不講，以後沒機會了。」他沒管我的反應，逕自說了起來。

「我小時候一心想當武師，所以常到處拜師學藝，在家裡什麼也不做，淨練功，什麼門窗、椅子之類的常常被我打爛。一開始父母親十分反對，後來拿我沒辦法，告訴我只要不要傷人就行了。

「有一回，我偶然聽說連雲港有一位武功高強的師傅，我連夜不辭而別趕赴連雲港拜師。這位武師的功夫很吸引我，於是我到他家去下跪，央求一定要拜他為師。不過師傅堅決不收，因為他家的武術不傳外人，任憑我怎麼求，師傅都不同意。後來我靈機一動，問師傅說：『你有沒有女兒？如果有，我讓你們招贅。』沒想到師傅家真的有一個女兒，他看我體格很好，告訴我說：『這樣吧，你回家問問看父母同不同意。』

「我立刻拍胸脯說：『不用問，我一個人在外頭自己作主就行了，我父母一定會同意。』其實當時我明明知道家裡已經幫我訂了親，只是為了學武，我管不了那麼多了。

「師傅真的把我當成女婿，將家傳武術傾囊相授，每天我和師妹認真習武，剛開始兩個人都尷尬，她莫名其妙多了一個未婚夫，而我只是假借婚約的名義想多學幾招功夫。可是日子一久，我們的感情愈來愈好，有時我甚至想，以後乾脆在連雲港落腳，忘掉鹽城的婚約算了。

「後來日本人進城，他們認為我師傅在地方上算是有名望的人物，於是派人上門遊說他當武術會的會長，師傅當然不肯，還把來者罵了一頓，結果被抓進日本憲兵隊打得好慘，回家之後沒多久就死了。

「這件事像炸了鍋一樣鬧大了，一群鄉親衝到憲兵隊去抗議，我當然也在其中。我火氣一來，把門口的一個日本憲兵打得跪地求饒。雖然這一頓氣出了，但是事情更糟，日本人開始通緝我。想來想去，雖然鹽城也有日本人，但是在自家的地盤，風聲總是沒有那麼緊，原本想要帶著我師妹一起跑，可是她要守喪，不能離家，於是我一個人跑回家。

「當父母知道我被通緝，還私自跟人訂親，氣得鼻子都歪了，他們禁止我再去找我師妹，而且日本憲兵隊收到我已經回到鹽城的風聲，開始挨家挨戶地查訪，我父親知道萬一我被捕，下場一定跟師傅一樣，不死也去半條命，所以最後把我送進國民黨的游擊隊，這才是我會進游擊隊的真正原因。

「前幾年我不是回鄉探親嗎？其實我自己偷偷跑去一趟連雲港，雖然機會很渺茫，不過我還是試著打聽師妹的消息。沒想到她還住在老家，我鼓起勇氣拍了拍門，應門的是一位老太太，雖然幾十年沒見，我一眼就認出她就是我師妹，只是當初是我拋下了她，實在沒有臉承認自己的身分。於是我只好藉故問路，跟她東拉西扯，最後找了一個藉口說：『其實我在台灣有一個好朋友叫伍思翰，他幾年前過世了，臨終前交代我一定要來連雲港幫他打聽師妹的下落，請問妳認不認識這個人？』

「師妹一聽就哭了，她泣不成聲地說自己就是伍思翰要找的人。原來她一直盼著我來接她，其實有好多人想幫她撮合過婚事，只是她認定已經和我訂親，所以全部拒絕，這幾十年來一直獨守空閨，沒想到白守了。

「我聽著她一句一句地說，好幾次想豁出去向她承認：『我就是伍思翰，我來接妳了。』可是我他媽的害她空等了幾十年，現在憑什麼要求她跟著我？所以我什麼也沒說，走了。

「當天晚上我翻來覆去睡不著，想著到底該不該跟師妹相認，一想到自己勞碌了一輩子卻是一窮二白什麼也沒有，如何向她開口呢？一直想到天快亮了，我決定還是該向師妹坦承我的身分，就算我什麼都沒有，這一次也該負起責任才是。

「因此，當天起床後，我把自己好好打理了一番，再次拜訪她家。奇怪的是，左鄰右舍都圍在門外，還有好幾個公安忙著維持秩序，大家交頭接耳地不知道在說些什麼，我心裡一陣慌，趕緊跑過去問個清楚，一旁的鄰居告訴我，師妹昨天夜裡上吊了。

「其實她早就認出我了，可是我竟然不要臉地裝成旁人，她等了幾十年，一定以為我在戲弄她，才會一氣之下走上絕路。

「你問過我『那一次回來為什麼不想活了？』但你看看，我的家人不認我，好朋友死了，師妹因為我耽誤了一輩子，連我後來娶的媳婦都嫌我愛喝酒、年紀大不能溝通，才一年就跟我提離婚，我這一生太糟糕了。」

「伍叔叔，你這一輩子總有一些得意的事情吧？」我試著鼓勵他。

「有啊，我跟師傅練武的時候打勝不少當地武師、抗美援朝時幫弟兄擋過子彈、在台灣幫你爸爸打退那一些踩三輪車的，喔，還有即墨的工廠失火的時候，我救過兩個人。」伍叔叔的臉上閃過一抹光彩，但隨即又黯淡下來：「但那又怎麼樣？走到今天，我的人生得到一個答案：肝癌。

「如果能夠重來的話，當年我會大聲地告訴審判官：『我要回家！我一定要回家！』至少我還有機會見見我的家人，告訴我師妹不要再等了。我的人生就是因為當了兵，才發生這麼多慘事。」

這番對話之後，伍叔叔只再活了三個月就離開了人世，骨灰安葬在基隆八堵的公墓。當我整理他的遺物，發現他真的什麼也沒有，彷彿不曾來過這個世界一樣。

回顧他的一生，其實他只想當一個平凡的武師，可是戰事爆發後，無論是國軍、解放軍還是志願軍，沒有一個身分是他想要的，伍叔叔被大環境推著四處遊蕩，生活中的不得志逼著他用酒精和打架來發洩，若他能出生在太平盛世，一切都會不一樣。

耕深與連枝

第一次見到牟耕深先生的時候我才四歲，當時他官拜中國國民黨基隆市黨部秘書，在一群以菜販、踩三輪車、賣小吃等升斗小民居多的難民中，他算是極少數位高權重之人。

當時由於我二哥需要去台大醫院開刀治療耳疾，因此急需一張難民證明以便辦理醫藥費優惠。父親便帶著我去找他幫忙。雖然那年我還在稚齡，但是牟先生的形象清楚地留在記憶裡，他人高馬大、相貌堂堂，彷彿從三國演義裡走出來的武將。不過實際相處後發現他為人和藹可親，還從抽屜裡拿出糖果請我吃，我吃得滿嘴香甜，雖然大人說的話一句也聽不懂，可是心中異常滿足。

第二次再見到牟先生，已是十年之後的事了，當時他升任了國民黨基隆市黨部主任秘書，而父親同樣還是為了二哥的前途去找他說項。原來二哥好不容易從冷氣噴漆的學徒熬出師，包下基隆市立醫院的病床翻新噴漆工程，卻受到有力人士的暗中攔阻，工作進行得並不順利。於是父親只好再次出馬，請牟先生出面協調，不過恰巧牟先生並不在辦公室。

當天晚上下了班，牟先生騎著腳踏車來到父親開的建材行。我看著他的模樣，想起小時候曾有一面之緣，他的談吐流露出濃濃的書卷氣，檔次比平時來家裡跟父親喝酒抬槓的朋友高了太多。牟先生與父親討論了一會兒，答應幫二哥的忙。這一回我對他平易近人的作風印象更深刻了。

但第三次見到牟先生的時候，他已躺在棺材裡了。父親為人四海，平日常常照顧孤身來台的叔叔伯伯，甚至很多後事都由父親一手張羅，為了場面比較好看，父親常常叫我去殯儀館充當各路鄉親的孝子賢孫，於是公祭時我披麻帶孝跪在草蓆上，代表家屬答謝出席的親友是常有的事。

那時我正讀國中三年級，父親又找我出公差，我跟著他從早上的入殮儀式開始忙，現場幾乎沒有親人，只有一位個頭嬌小、看起來比牟先生小二、三十多歲的遺孀哭到需要旁人攙扶。公祭時我跪在一旁，想到我扮演他的後輩，對他一生的功過卻完全不清楚，實在心中有愧。不過一來他是做官的人，二來一生不求人的父親曾兩次向他請託，所以在我心中便暗自認定他肯定是一個了不起的人。

半年之後，我奉父親之命，到基隆市深澳坑的牟先生遺孀家裡送禮，可是我騎著腳踏車繞了半天，怎麼也找不到父親所說的地址，只好原路折返。父親見我使命未達，狠狠地罵了我一頓，於是我只好灰頭土臉地推著腳踏車再次出發，左問右問，好不容易找到一幢座落在小山丘上的獨棟別墅，我心想牟夫人怎麼會一個人住在這麼偏僻的地方？再仔細一看，房子後方是一片亂葬崗，嚇得我背脊發涼。

鼓起勇氣敲了敲門，「呀」地一聲，牟夫人開了門，我表明身分，遞上禮物，牟夫人很客氣地謝謝我，但是也沒叫我進去坐，我向她背後望了望，發現屋子裡一片昏暗，連一盞燈都沒開。我愈想愈害怕，於是便草草跟牟夫人告別，跳上腳踏車連滾帶爬地騎回家，一路上不斷地想著，應該找一個機會好好地問父親，牟耕深先生究竟是何等人物。

不久之後，遇上一個風大雨大的颱風夜，家裡到處漏水，鬧得大家都睡不著。我看到父親一個人喝著酒，突然想起牟先生的事，就問他牟先生到底是何方神聖？父親正喝得開心，話匣子一開就停不了。

牟耕深出身書香門第，父親是清末日照縣最後一個舉人，他自幼聰穎好學，讀完私塾以後，繼續踏上洋學之路，從青島中學讀到山東登州的齊魯大學。不過，在他還沒出生時，家裡已為他指腹為婚，新娘名喚劉連枝，準岳父在地方上也是有頭有臉的人物。大學一年級時，父親要求牟耕深返家成親，他受的是新式教育，饒是心裡百般不願意，但父母之命還是不可違。牟耕深勉為其難地完成婚事，只是他自視甚高，又醉心於學業，因此夫妻婚後的感情始終平淡如水。

牟耕深就讀大學三年級時，九一八事變爆發，燃起他滿腔的報國熱血，立刻投筆從戎，加入徐州的五十八軍。由於他學歷高，一進部隊便當上了排長。不料在一次遭遇戰中，肩膀被子彈給擊中，只好奉命回家養傷，此時平日寡言的連枝自然負起照顧丈夫的義務。妻子的細心體貼讓牟耕深第一次感受婚姻的溫暖，以國家為重的心理逐漸瓦解，而且當他意識到連枝平日得張羅家族裡二、三十口人的瑣事，對她更是憐愛有加。雖然養傷的期間無法為國家盡忠，但是夫妻之間的感情卻是愈來愈融洽。

等到牟耕深傷勢復原得差不多時，正好趕上抗戰開始。五十八軍重新發出召集令，升他為第三旅旅長，命令他在魯東一帶集合地方大大小小的游擊隊，全面抗日。在抗戰的前三年，牟耕深率軍偷襲日本華北軍團十餘次，成為日軍通緝榜上首要大敵。不過，正因為他與日軍作對，日本人對其家人嚴加看管，連枝也吃了不少苦頭。

有一回，牟耕深在諸城縣主持一個地下工作會議，結果消息走漏，日本憲兵隊破門而入，牟耕深因此被捕下獄，收押在日照城裡。一開始日本憲兵還不知道牟耕深的真實身分，以為他只是一個普通的軍官，沒有多加注意。不過倒是負責看守的獄卒認出了牟耕深，雖然他在日本人手下做事，但並未泯滅人性，反而私下通報連枝說：「耕深被抓了，日本憲兵隊常常槍斃人，不然就是用刑過度，把人折騰死了，所以他很可能性命不保，有沒有什麼我可以幫忙的地方？」

連枝聽了差點暈過去，趕緊拜託獄卒，表示一定要去見耕深一面。於是獄卒協助先打點好其他看守，跟連枝約好時間，選在一個月黑風高的晚上，將連枝打扮成一個渾身髒汙的長工，偷偷摸摸地帶進牟耕深的牢房。

在昏暗的油燈下，只見受盡拷打的牟耕深滿身血汙地倒在地上，連枝忍著眼淚搖醒丈夫。牟耕深迷迷糊糊間睜開雙眼，一張塗滿鍋灰的陌生臉孔出現在眼前，一聽她低聲喊著自己的名字，牟耕深才認出結髮妻子。夫妻倆手拉著手，想到以後可能再也無法相見，眼淚再也止不住。牟耕深忍著悲痛向連枝交代後事，夫妻倆談了一宿，直至破曉將至，連枝才在獄卒的聲聲催促下離開監獄，走上五小時的路回家。

不過說也奇怪，那天之後，日本憲兵隊或許是因為破獲了其他的機關，竟然沒再深究牟耕深的案情。幾天後，結結實實地打了他一頓，便把不成人形的牟耕深給扔到了市集上，然後走了。附近的地下工作人員發現牟耕深獲釋，深怕是日本人欲擒故縱的陷阱，不敢送他回家，反而將他偷偷送到莒縣的某一大戶人家裡養傷。而連枝得到消息後，趕到市集卻撲了個空，旁人跟她說屍體已經被收走了，連枝傷心欲絕，只當牟耕深真的死了。

經過一個多月的療養，牟耕深復原了七、八成，他伺機逃到濟南，再跑到長沙與五十八軍會合，展開一連串與日軍的攻防戰，期間負傷了好幾次，但始終沒與家裡通過消息。

直到民國三十四年抗戰勝利，牟耕深從廣東解甲歸田，當他出現在老家時，劉連枝簡直不敢相信，這種死而復生的感覺讓夫妻倆人更珍惜彼此。牟耕深回家待了半年的時間，與家人共享天倫，過著種地讀書的恬靜生活。照他跟我父親所述，那是他這一輩子最幸福的時光。只是沒想到民國三十六年底，共產黨來了。

共產黨知道牟耕深在鄉親心中占著舉足輕重的地位，因此進村之後，立刻派人上門遊說，要求他脫離國民黨。牟耕深因為對於共產黨的理念不以為然，因此堅決反對。誰知共產黨代表好言相勸收不到效果，末了竟撂下一句話：「如果你不與國民黨脫離關係，我們絕不善罷甘休。」牟耕深左右為難，要是參加了共產黨，自己的名節不保；要是自己逃走，家人肯定受累，但是共產黨失去了目標，應該可以保住家人的安全。自古忠孝不能兩全，若是選擇效忠國家，他相信父親一定能諒解，因此牟耕深最後選擇逃走一途。

臨行之夜，連枝幫著牟耕深整理行囊，除了把一些錢縫進褡褳以外，還塞了兩雙鞋，以及一只當嫁妝的金戒指。不知為何，連枝的心裡特別不踏實，彷彿牟耕深這一趟出門就是天人永隔，想到這裡，眼淚嘩啦啦地滴落到行囊裡。牟耕深安慰她說：「上次被日本人抓走都沒事了，這次也一定可以平安度過，妳放心，共產黨應該成不了氣候的，我很快就回來。」兩人在村口話別，牟耕深摸黑上路逃往青島。

原本牟耕深以為出外避一避風頭就沒事了，誰知道剛到青島不到一個月，一連接到父母親不堪每日鬥爭大會的折磨上吊自殺，而連枝也因為公婆死亡，覺得無顏面對牟耕深，羞憤投潭溺斃的三個噩耗。生命中至親的三個人全部離開人世，牟耕深一天內白了頭髮，失去生存的意志，整整五天粒米未進。

當時我父親也逃往青島，從鄉親口中得知牟耕深的消息，特地跑去探望他，只見牟耕深眼神空洞，渾身上下僅剩一口氣就要見閻王了。父親趕緊煮了一些稀飯，用湯匙撬開他的嘴巴，硬灌幾口下去，好不容易把牟耕深從鬼門關前救了回來。

後來，牟耕深隨著國民黨山東省黨部轉進上海，父親一度去投奔他，最後國民黨兵敗如山倒，大夥兒輾轉逃往台灣。由於牟耕深學歷高，對國民黨忠貞不二，因此剛到台灣便到國民黨的基隆市黨部擔任要職，主管警政，很受高層器重。經過國破家亡的洗禮，牟耕深變得沉默低調，既不應酬，也不愛攀關係，認真做好每日的工作。

只不過就與許多老兵一樣，他心中朝思暮想的，只有幫助國民黨壯大，早日反攻大陸。可惜口號喊了一年又一年，大家的雄心壯志都給磨平了。偶爾我父親會買瓶酒，到他的宿舍喝酒聊天，有時候兩個人一講到過去，想起家鄉的親人天人永隔，還有許多遭逢意外鄉親的訊息，心中都無限感慨，不免落下男兒淚。

有一天，牟耕深突然打電話給父親說：「來黨部一趟，我有重要的事告訴你。」父親依約前往，去了只見他滿臉堆笑地說：「哎呀，我沒跟別人提，就只告訴你一個人，那個什麼……就是我準備再婚。」

「太好了，這是好事啊！怎麼沒聽你說過啊？新娘子是誰？」

「這個……這個不好說，」牟耕深搔搔頭說：「反正你們都不認識，你就幫我保守秘密好了。」

父親很少看到牟耕深這麼神秘，所以沒再追問。原本父親還包了兩百塊錢當作賀禮，不過牟耕深堅持不收。父親沒辦法，改送他一床新被子。幾天後，聽說牟耕深已經辦好結婚登記了，卻沒打算宴客。父親心裡滿是好奇，既沒聽說有人說媒，也沒看過牟耕深交女朋友，怎麼一下子進度超前這麼多呢？

這一天，我父親又在家裡辦起了「鄉愁趴」，所謂「鄉愁趴」，就是一群老鄉湊在一起，假借吃吃喝喝的名義，長吁短嘆地緬懷老家的生活，好尋求心理的慰藉。一陣喧鬧之中，有位叔叔突然冒出一句：「欸，聽說耕深結婚囉。」

此話一出，大夥兒議論紛紛，父親心想奇怪，消息是怎麼走漏出去的？他沉住氣沒搭腔，想聽聽看事情的始末。這位叔叔見大家的注意力集中在他身上，便活靈活現地說了起來。

有一回，牟耕深到基隆市警察局二分局去開會，會中離席上廁所，當時的分局是日本房子，格局較為複雜，牟耕深東走西走找不到廁所，竟誤闖拘留所。正想離開的時候，突然看到裡面關著一位留著學生頭的年輕女子，牟耕深當場有如雷擊，因為這位女子與過世的太太連枝長得極其相似。牟耕深半晌說不出話，回過神之後，他裝出一副不在乎的樣子問駐警說：「這個女生怎麼來的？」

駐警撇撇嘴說：「流鶯，剛抓回來。」

「在哪裡抓到的？」

「基隆鐵道邊。唉，其實她不算被抓，應該說是被送來的。」駐警說：「很平常啦，只要在私娼寮不乖，老鴇就把她們送到分局，留下賣淫的前科，讓她一輩子翻不了身，回去以後就乖乖聽話了。」

牟耕深一面聽，一面偷瞄著拘留所裡的女子，不看還好，愈看愈像連枝，但是他不好意思多問，趕緊回去開會。只是接下來的會議中始終都無法專心，好不容易捱到會議結束，牟耕深鼓起勇氣向分局長詢問：「那個拘留所裡的女孩子是什麼出身呢？」

分局長說：「這件事我不清楚，不如我去問一問，明天告訴你。」

第二天，牟耕深等到快下班了，始終等不到分局長的電話，他索性直接打給分局長，分局長一聽是他，連忙說：「我都打聽好了，正好今天晚上幾個警察同仁要聚餐，不如你一起來，我們再好好地聊一聊。」牟耕深平日最不喜歡應酬交際，但是這次一口答應。

晚上一到聚餐的現場，只見一堆警政高官大聲談笑，現場熱鬧非凡，牟耕深靜靜地吃著飯，覺得自己簡直是另一個世界的居民，也不好意思開口。幸好分局長酒酣耳熱之餘沒忘了牟耕深的目的，拉著他說：「昨天你問的女孩子叫林罔市，宜蘭人，從小就被送到私娼寮接客，已經被抓了好幾次了，這次準備關十二天，關完以後再放她回去幫老鴇賺錢。」

當年黑白兩道相互勾結不是新聞，而且基隆鐵道邊是全省有名的風化區，大約有五、六百個流鶯，林罔市只是其中一名不幸的女子，遭遇並不特別。可是分局長的這一席話，倒是讓牟耕深回家以後輾轉反側，因為林罔市與劉連枝簡直是一個模子刻出來的，尤其兩人同樣留著學生頭。林罔市的學生頭可能是為求方便而留，但是劉連枝的學生頭，卻是牟耕深受為了與舊社會區隔，刻意要求太太捨棄傳統的包頭而打理的。

為了這個髮型，牟耕深曾與父親鬧得不可開交。牟耕深對太太的感情早已深埋在心中，遇上如此巧合，反而掀開了思念的罈子，當晚喝了點悶酒，迷迷糊糊間睡著了。恍惚之間，彷佛又回到故鄉，看到連枝半躺在床上，自己正坐在書桌前看書。猶如蘇軾在〈江城子〉中所述：

「……夜來幽夢忽還鄉，小軒窗，正梳妝。

相顧無言，惟有淚千行。

料得年年腸斷處，明月夜，短松崗。」

牟耕深猛然驚醒，哭得不能自已。

隔天一大早，牟耕深下定決心，直接到二分局找分局長，劈頭就說：「這個林罔市我要保出來。不但要保，而且不能送回鐵道邊。」

牟耕深沒頭沒腦的一個命令搞得分局長一頭霧水，但是當時縣黨部主秘比市長還威風，礙於身分，他只敢問：「不能送回去，要送哪裡呢？」

「給我安置到憲兵隊，那裡有一個專門收容難民的地方，其他的事情我會安排。」

分局長哪敢不從，隨即下令將罔市送往憲兵隊的招待所。從那一天起，牟耕深每天都會下廚，親自送去給她吃，陪她說說話。一開始，罔市連半句話都不說，牟耕深跑了將近一個月，全是自己一頭熱，兩人一點交集都沒有。直到有一天，牟耕深帶了水果和一條魚去探望罔市，罔市吃了水果，連一口魚都沒動。當牟耕深正要走的時候，罔市開口了：「我生病了，想去看醫生。」

牟耕深一聽立刻答應說：「行啊，走，我帶妳去看！」於是跨上腳踏車，載著罔市到了基隆省立醫院。只是罔市絕口不提自己哪裡不舒服，牟耕深也不知道該幫她掛哪一科，於是先從內科開始，後來內科的醫生走出診間說該轉泌尿科，才知道罔市得了性病，需要長期治療。

從此以後，牟耕深每天騎著腳踏車送罔市去看病，照顧她的生活起居，慢慢地主秘的工作也不想幹了。不過他的資歷顯赫，能力又強，所以辦公室的人都睜一隻眼閉一隻眼。而每天朝夕相處下來，罔市也終於卸下心防，訴說起自己的身世，牟耕深才知道罔市的父親是一個漁夫，因為積欠賭債，就把女兒賣到人肉市場還錢。罔市九歲就被賣到鐵道邊，十二歲開始接客，遇到牟耕深的那一年，罔市剛滿二十歲。

從出生以來，還沒有遇到一個人對她這麼好。從抗拒到接受，兩人花了將近三個月的時間，雖然牟耕深大她將近二十歲，但是對她的好實在沒話說。在牟耕深細心照顧之下，罔市的身體日漸好轉。憲兵隊上上下下都流傳著牟主秘養了一個小老婆，但是憲兵隊歸黨部管理，所以也沒人出面說什麼。

直到有一天，分局長打電話通知牟耕深說：「大事不妙，私娼寮放話了，除非你拿一筆錢出來解決，否則他們要投訴到總統府去。」

牟耕深緊張地問：「他們要多少錢呢？」

「六萬塊錢。」當年這可是一筆大數目，牟耕深躊躇不語。

分局長聽出牟耕深的猶豫，於是說：「牟主秘你放心，六萬塊我有。」

但是牟耕深不想欠分局長人情，他先問罔市說：「妳還願意回去嗎？如果是，我就送妳回去；如果妳不想回去，我會想辦法，把我的小房賣了，湊個幾萬塊幫妳贖身，以後妳就自由了，無論要回宜蘭，或是要幹什麼都行。」

罔市聽了放聲大哭說：「我寧可死也不要再回去。」

「那好，就這麼辦。」耕深打定主意，單槍匹馬勇闖鐵道旁的私娼寮，直接找地頭蛇談判。雖然四周的地痞流氓充滿敵意地包圍著他，不過牟耕深可是指揮過千軍萬馬，多次從戰爭的生死關頭裡存活下來，區區幾個流氓又算得了什麼？帶頭的流氓見牟耕深高頭大馬，霸氣十足，氣勢上矮了一截，想要狠也耍不起來。

牟耕深不囉嗦，直接開口：「林罔市要多少錢來贖身，我給。以後不准再騷擾她。」地頭蛇也不含糊，兩人談好只要牟耕深拿出三萬塊，事情到此結束。

於是當天牟耕深便找上了基隆市台灣銀行的經理商量，他說：「我有一間小房，大概值個七、八萬，想向你們借三萬塊錢。」

說起來台灣銀行也是歸黨部管理，既然長官來借錢，經裡哪有拒絕的道理？於是牟耕深在最短的時間內湊足贖金，找了分局長當作見證人，再次回到鐵道邊付錢，簽下林罔市的贖身契。

牟耕深將贖身契交給罔市說：「現在妳自由了，要是妳願意住在憲兵隊就繼續住；若是妳想回家，我幫妳買一張火車票，以後不要再幹皮肉生意了。」罔市感動得說不出話，只是一個勁兒地流淚。

過了兩天，兩個人一起吃飯，罔市突然問牟耕深說：「牟先生，你的家裡有幾個小孩子啊？」

牟耕深愣了一下，緩緩地說：「雖然我結婚了，但是我太太在大陸去世了，也沒有留下一男半女。」

「啊？所以你後來沒有結婚啊？」

「對，我還沒結。」

現場登時陷入一陣沉默，曖昧的情愫橫亙空氣之中，兩人互相猜測彼此的心意。也不知道過了多久，罔市鼓足了勇氣說：「那麼，你願不願意讓我跟著你？」

牟耕深一聽腦袋就炸了，雖然他把對連枝的遺憾投射在罔市身上，對罔市也照顧得無微不至，但是從未想過再娶。一來是兩人的年紀與背景懸殊，二來娶一個妓女可是有失官體，被長官知道了還得了？牟耕深當下沒有回答，一連三天沒與罔市碰面，在家裡反覆思量，愁得不知該如何是好。

到了第四天早上，牟耕深又夢到連枝，醒來之後，畫面歷歷在目，牟耕深抹抹眼淚，心想這一定是連枝給他的訊息。於是立刻到了憲兵隊，大聲地對罔市說：「我們兩個結婚吧，不管要付出多少代價，我都願意。」小倆口歡天喜地地籌辦婚事，罔市也不忘寄信通知家裡人。

過了一個禮拜，罔市的哥哥來了，模樣一看就知道是酒肉之徒，他得知居然有傻子幫妹妹贖身，心想有肥羊可宰，於是大吵大鬧說：「是誰說要贖身啊？贖了還可以再賣啊！什麼人不好嫁？還嫁給老芋仔！」

牟耕深出面好言相勸，他卻獅子大開口，伸出兩根手指說：「拿出兩萬塊錢，不然我妹妹不能嫁給你。」可是牟耕深早已經沒錢了，萬般無奈之下，只好向分局長求援。分局長專門跟流氓打交道，擺出強硬的姿態說：「我們下次去宜蘭提親，如果提得成功，給你們一萬塊錢，如果不成，就什麼也沒有。你們自己看著辦。」罔市的哥哥知道沒有轉圜的餘地，摸摸鼻子接受了。

之後，牟耕深跟罔市便不敢在基隆太過張揚，提親成功之後就在宜蘭六結鄉辦理手續登記。罔市想起牟耕深曾說過，自己長得很像他的前一任妻子劉連枝，於是在結婚登記時突然說：「我改個名字好不好？就改成連枝。」

「可以啊。」牟耕深喜出望外。

雖然成親過程還算順利，不過回到基隆之後，現實問題還是要面對。牟耕深身為公務人員，辦理公證結婚得打報告上呈。他避重就輕，寫了一份模糊不清的報告，希望能夠蒙混過關。結果當然被主委退回，主委認為牟耕深娶妓女為妻讓黨部蒙羞，因此下了最後通牒，要嘛辭職，要嘛離婚。

牟耕深心想，要是辭職，多年來的努力可就白費了；但是離婚萬萬不行。幾經掙扎，他決定另謀出路，以自己的經歷，去報社當個記者什麼的應該沒問題。於是寫好辭呈，向上呈報。

因為牟耕深官拜主任秘書，辭職得由中央黨部批准，於是辭呈一路往上送，剛好被立法院副秘書長秦老先生看到。這一位秦老先生在大陸時正巧就是牟耕深的老師，牟耕深也曉得老師位高權重，不過他是一位有骨氣的硬漢，抵達台灣之後從沒打算投靠老師，所以自然也沒給老師寫過一封信，能在基隆黨部幹到秘書，全靠自己的努力。

秦老先生看到了牟耕深的辭呈大吃一驚，立刻打電話給基隆黨部主委了解原委。他不滿地說：「這個牟耕深是我的學生，為人踏實努力，正是國家需要的優秀人才。這麼好的人你們不照顧，怎麼還讓他辭職了呢？」

主委在電話裡不好說出真相，只能藉口會了解詳情之後，再向秦老先生報告。掛上電話，主委心生一計，直接跟牟耕深說：「你的老師知道你要辭職的事，他想聽你親口向他報告。」於是牟耕深只好跑到台北的中央黨部與老師相認，兩人寒暄一陣之後，秦老先生問：「好好的主任秘書不幹，為什麼要辭職？你到底想幹什麼？」

牟耕深不敢說出真相，只好東拉西扯。不過秦老先生當然知道他在敷衍，於是追問：「你頭上有幾根毛我不清楚嗎？老實說，到底發生什麼事？」

當秦老先生一聽到林連枝過去的身分，氣得拍桌子大罵：「天下女人這麼多，你為什麼獨鍾這麼一個人呢？別忘了你家裡出過前清舉人啊！國家栽培你這麼多年，你怎麼下賤到娶一個妓女呢？」

好不容易秦老先生罵累了，牟耕深噙著淚說：「老師，我一輩子都為了黨國付出，連家都不要了。可是我的父母因我而亡，太太投潭自盡，我覺得自己太對不起她了。好不容易我遇到了林連枝，她們不但長得像，連個性也非常相似。雖然我們的文化背景完全不一樣，可是結婚之後，我覺得自己年輕了二十歲。要是維持婚姻得辭去主秘的職務，我寧可去外面隨便找個工作，也要和林連枝一起走下去，希望老師成全。」

秦老先生沉默了半晌，深知牟耕深為了感情，可以什麼都不顧。不過就此流失一個嫻熟黨務的人才，卻也是國家莫大的損失。所以秦老先生又打電話給基隆黨部主委說：「這樣吧，你就假裝不知道，讓他們結婚。另外寫一份報告，表示是我批准的。萬一以後有事，全部交給我來解釋。」自此，牟耕深保住了飯碗，繼續留在黨部服務。

兩人的婚事總算塵埃落定，不過，自從搬入牟耕深在基隆的宿舍之後，兩人的故事成了婆婆媽媽最好的八卦材料，街坊鄰居的閒言閒語沒有停過。連枝自幼被陌生人折磨，原本對人就存著戒心，現在每天都被人在背後指指點點，嚇到躲在家裡不敢出門。牟耕深心想這樣下去，連過日子都有問題，於是找我父親商量，表示計畫在山上找一塊地，蓋一間獨棟的房子。

父親好奇地問：「你上哪裡去蓋房子呢？」

牟耕深提了一個深澳坑的地名，父親一驚說：「什麼？那是死人住的地方啊！連公路局都沒有車班，怎麼能住啊？」

「沒問題的，連枝好靜，她喜歡那裡的環境。我每天上下班也不麻煩，只要多騎半個小時腳踏車就行。」於是父親找了工班，幫牟耕深完成心願。

婚後，所有的採買、溝通全部由牟耕深出面，連枝負責打理家裡，兩人時常四處遊玩，各大景點都能看見夫婦倆手牽著手的幸福身影。當然，黨部對於牟耕深請假過多的事情頗有微詞，不過，牟耕深認為，自己的前半生全部送給了國家，後半生要為自己而活。甚至為了遠離塵囂，牟耕深還在連枝的家鄉宜蘭買了一間小房，每逢假期，兩人常到宜蘭度假，牟耕深對連枝的細心體貼在宜蘭的鄉親之間立下了口碑，扭轉了一般人對老芋仔的刻板印象，於是愈來愈多人願意將女兒嫁給外省老兵，這也是牟耕深始料未及的影響。

雖然兩人世界快樂似神仙，不過連枝年輕時的經歷影響了生殖系統，因此兩人始終沒有子嗣。有一天，父親找牟耕深喝酒聊天，提到了夫妻倆沒有後代的問題，牟耕深嘆了一口氣說：「裕江啊，連枝她識字不多，對外面社會的事情不了解，萬一我以後有個三長兩短，就代我把後事辦了吧。」

「好，你放心。」父親一口答應。

後來，牟耕深退休的那一年，突然得到心臟病，不久撒手人寰，才有我去當孝子賢孫的機緣。而之後當我自己出來開當鋪以後，聽說連枝搬進基隆的養老院裡面，平靜地度過餘生。

牟耕深年輕時投身報國，唯一享受家庭生活的時光就是負傷的時候，家破人亡之後逃到台灣，始終懷著對前妻的愧疚，原本已經心如死灰，沒想到遇上宛如前妻再世的罔市，才重新燃起一絲生機；而對於罔市來說，從九歲被推入火坑開始，人生受盡屈辱，碰到牟耕深之後，生命才重新開始。

也許上天不忍兩個人歷經無數磨難，才給予彼此重生的機會。即使刻意追求，都不見得能得到這麼美好的姻緣，這兩個迥然不同的人能碰在一起，雖然不可思議，甚至不被世俗所接受，卻是彼此人生最美好的句點。

福州伯

清朝末年兵荒馬亂，因此在土地比較貧瘠的廣東、福建沿海，許多人都會離鄉背井，選擇到印尼、馬來西亞、菲律賓或泰國等東南亞國家謀生，福州地區更是如此。由於生活不易，加上明朝鄭和下西洋的影響，福州人老早就有向外遷移的風氣。

而在鄉下，若有人要去南洋闖蕩，一定會到福州市區拜師學藝，俗話說：「福州三把刀：菜刀、剪刀、剃頭刀。」指的正是福州人賴以為生的三大行業；菜刀就是廚師，剪刀就是洋服裁縫，剃頭刀就是理髮匠。

光緒年間，在福州西南角的瓜山鄉有一個文人薈萃、民風淳厚的村莊叫「下福村」，村長姓徐，原為飽讀詩書的秀才，偶然間得到一部醫書，自己苦學成醫，因為醫術精湛四鄉慕名來看病的人絡繹不絕，甚至就連城裡的官員還會派轎子抬他去治病。此外，每年他還會固定前往偏遠山區義診，仁心仁術的風範，讓鄉里間尊稱他為「恆鑾公」。

到光緒末年時，土匪橫行，霸占往來福州市的要道，任何人經過都難逃洗劫。瓜山鄉地勢崎嶇，成了土匪犯案的最佳屏障，儼然成為化外之地，鄉民想找恆鑾公治病受到層層限制。不過，恆鑾公每年的義診沒因此而間斷，雖然土匪目無法紀，但一遇到恆鑾公出門，還是會特例放行。但隨著時局日益混亂，恆鑾公想靠家裡的幾塊田地養活一大家子實在艱難，他認為與其坐困愁城，不如外出找生路，於是便要求三個兒子有福、有才與有祿出外創業。三兄弟不敢怠慢，陸續準備前往市區，習得一技之長。

這一年才過完新年，老大徐有福頂著寒風率先出發，他搭上了渡船，沒走十里就被河盜盯上，不但身上的財物被洗劫一空，土匪還嫌他的錢太少，打算取他性命。徐有福趕緊搬出恆鑾公的名號，才讓土匪刀下留人，但錢財當然是要不回來。身無分文的他，足足走了三天才走到福州市，到一間大餐館從學徒幹起，這一熬就是三年才終於出師。

學成的徐有福，眼看福州時局仍舊不好，所以也興起了再到其他地方打拚的念頭，幾經思量後，他鼓起勇氣搭上馬尾開至基隆的移民船，橫越險峻的「黑水溝」：台灣海峽。雖然出海是為了追求生存的希望，但是台灣海峽卻也是葬送無數夢想的墳場。每年颳起東北季風時，猛烈的風勢和浪頭能輕鬆掀翻超過半數的船隻，而常有颱風的夏天又是船長和水手的另一種考驗，稍稍沒掌握好便會觸礁沉船，可以說是終年都不平靜的海域，所以踏上船的每個人都是抱著必死的決心出海。

不過徐有福十分幸運，順利抵達台灣。度過最危險的一關的他，懷抱著滿滿的信心在基隆落戶，展開異鄉的奮鬥生活。

徐有福是出師的廚匠，當然想學以致用，起初徐有福在一間同鄉開的小館子當跑堂，但很快就發現福州人之間並不和諧，於是便轉往日本人開的平民食堂做事。他個性勤快，加上手藝也好，在食堂待了三年時間，不僅頗受老闆賞識，也累積了開餐廳的知識，還趁機學了一口流利的日語。

在基隆的日子倒也平靜度過，直到有一天，徐有福收到了家書，原來是恆鑾公已經幫他談好一樁婚事，要他立刻返鄉成親。基於父命難違，他立刻向老闆請辭搭船回鄉。不過到了福州要再轉搭船回瓜山鄉時，他猛地想起了上回出門時遇上歹徒的往事，他心想這一回可得留神，於是改走旱路。

徐有福多年沒回家，出發前特地買了一些舶來品，也為自己做了一套體面的西裝，打算衣錦還鄉。沒料到改走旱路還是給遇上了土匪，雖然性命沒受威脅，但是新買的禮物與身上的西裝卻都全給剝光了，他只能穿著一條內褲狼狽地走上回鄉路。不過家人看到他平安回家，比什麼都開心，倒也不計較。順利娶到瓜山鄉的名門閨秀後，徐有福心想他在外打拚好幾個年頭，現在才終於回到老家，格外珍惜這一份得來不易的幸福，夫妻感情與日俱增。

只是外面的世道並不像家中氣氛一樣愈來愈好，徐有福結婚一年後，恆鑾公便語重心長地告訴徐有福，他還是得去外地工作養家。徐有福知道自己肩負著長子的擔子，於是二話不說帶著太太再次遠赴台灣，他利用父親給的旅費在日本時代的基隆瑞濱三町目頂下一間小餐館，賣起簡單的中華料理。

由於他手藝道地、用料實在，不但台灣人愛吃，而且注重衛生和通曉日語的獨門特色吸引了許多日本客人。餐廳愈開愈大，最後從家鄉福州和台灣寶島各取一個字作為餐廳招牌，名喚「福島」，表示不忘自己的根與發跡地。此外，家裡還添了兩男兩女，徐有福眼看忙得不可開交，因此寫了家書向家裡求援，希望同樣學有一技之長的老二有才和當裁縫的老三有祿一起來幫忙。

恆鑾公認為「樹挪死，人挪活」，生活本應隨機應變，於是要老二、老三到台灣跟有福攜手合作。就這樣兩兄弟也來到基隆；剛開始兩人都在福島餐廳打工，日後，餐廳生意日漸興隆，大哥有福便出資讓兩個弟弟分別開理髮廳和裁縫店。三兄弟團結一致在基隆發展事業，所得盈餘便寄回瓜山資助老家的生活，並且兄弟每年輪流返鄉以盡孝親之責。

幾年後，日本政府推動皇民化運動，總督府下令，如果台灣人改日本名字，將提供納稅和教育的優惠，如果不改，不但讀書、就業也有問題。這對做生意的衝擊就更大，因為若是不改名，連日本人都不會上門光顧。所以當時城市裡的讀書人、有錢人紛紛都改了日本名字。為了生計，三兄弟也聚在一起討論，兩個弟弟沒什麼意見，可是徐有福自幼接受儒家傳統教育，認為改成倭國的姓名是數典忘祖的行為，因此抵死不從。此消息傳回老家，沒想到父親恆鑾公竟也支持大兒子的決定，表示寧可回福州老家，也絕對不可改姓。

不過麻煩的是，此時徐有福在基隆的福州鄉親裡算是有實力的宗主，若是他不改，也會影響他人，皇民化運動一定會受阻。所以日本人多次派保長、里長、警察說項，甚至威脅他們若不從，只能算是二等公民的中國僑民，納稅基礎和權利都比不上台灣人，但三兄弟不為所動，餐廳頓時流失了許多日本客的生意。

不過正因如此，台灣人反倒很佩服他們勇敢對抗日本人的骨氣，因此登門用餐的人不減反增。不久後，徐有福果不其然領到了台灣第一張中國僑民證，饒是有諸多不便，但三兄弟依然不為所動。

徐有福的大兒子積慶自幼好學，讀基隆高中時都是第一名，但是中國僑民的身分讓他不能上台灣的大學，幸好徐有福這幾年餐廳賺了錢，於是乾脆將積慶送到上海讀大學。而積慶在上海同樣爭氣，只不過他從小受日本教育，一心嚮往考取京都大學醫學院成為一位救世濟人的醫生，於是便試圖以上海籍的中國留學生身分申請到日本去。這下日本政府眼看機不可失，便藉機再次向徐有福鼓吹：「如果願意接受皇民化，便接受你兒子的申請。」

可是，徐有福依然堅守立場，寫信要兒子好好留在上海讀書。而努力好學的徐積慶最後終於是透過台灣的日本同學介紹，才如願進入京都大學醫學院就讀。徐有福也因為兒子很爭氣，所以非常引以為傲，只是諄諄告誡兒子不要忘本，學成後一定要回鄉行醫救人。

在日本求學的徐積慶，在一次學校的活動中認識一位氣質出眾的女同學，兩人一見如故，談起了戀愛，不過日後才發現女方是戰國時代大名*的後代，家族裡門閥觀念根深蒂固，因此當女方家長知道積慶是中國僑民後，便大力反對雙方交往。但小倆口的感情如膠似漆，怎麼願意分離，於是戀情便偷偷轉向地下。直到女方家長多次約談積慶，對這個正派好學的年輕人有了急遽的改觀，雙方的感情之路才有了美好的結局。

從醫學院畢業後，徐有福要求兒子回鄉效力，但是積慶認為在台灣沒有前途，回瓜山老家更是不用說，唯有留在日本才是唯一的出路，於是他瞞著父親說要繼續升學，實則想方設法在京都醫學院附屬醫院找機會。

---

* 大名，由「名主」一詞轉變而來，為日本封建時代對一個較大地域領主的稱呼，而為了保護其產業，也大多擁有自己的武力。

中國僑民的身分要到日本念書已經不容易了，工作則更難上加難，日本人要求他改成日本姓氏才能在日本行醫，同時女友的家長也希望他能改籍日本再結婚，這下可讓徐積慶不知所措了。他寫了信告訴父親此事，果然徐有福勃然大怒，立刻寫信給積慶：「人可以死，但絕對不能改日本名。」並繼續鼓勵他不如回台灣或大陸行醫。

但是徐積慶自有主張，他知道父親事業忙碌無暇管他，表面上答應父親不改名字也不入日本籍，但在幾番深思熟慮後，他與未婚妻商量為了解決眼前的困境，決定先採取權宜之策，日後一有機會再改回漢姓。於是最後便瞞著父親悄悄地入了日本籍，並改名為「福島慶」，最後也順利娶了太太。只不過，日本戰後經濟蕭條，連醫生都找不到工作，徐積慶也受到波及。在百般無奈之下，他隻身回台灣向父親求援，表示想在日本開業，希望父親能贊助。徐有福愛子心切，把經管已久的餐廳賣掉，湊了一筆錢讓兒子在京都開了一間私人診所，而徐積慶也沒辜負父親的期望，他的醫術精湛，病人愈來愈多，診所的規模日益擴大。

雖然徐積慶在日本發展得有聲有色，但是徐有福不時會聽到兒子改了日本名字的風聲，雖然每次寫信詢問積慶都堅持否認，不過徐有福仍是耿耿於懷。直到有一年，徐有福生病住院，徐積慶忙於醫院擴張，只寫信回家問候，徐有福心中鬱悶寫了信要兒子趕緊回家。但徐積慶真的抽不開身，於是只好請日本太太代替他回台灣探病。

航班抵達當日，徐有福心想兒媳婦遠從日本到異國，應該帶全家到碼頭迎接才是，於是率領一家大小到基隆港迎接。不過他反覆查閱旅客名單，卻始終找不到徐夫人，與航運工作人員反覆確認，才知道兒媳婦用的是福島夫人的名義。這一聽彷彿晴天霹靂，當兒媳婦一下船，徐有福劈頭就問：「妳到底姓什麼？」雖然臨行前積慶已經千交代萬交代不能讓父親知道真相，但是福島夫人仍認為不該隱瞞，於是大方承認積慶早已改姓福島，並且入籍日本。徐有福一生最大的恐懼成真，還來不及罵人，便氣得暈過去了。

經過送醫急救，徐有福終於悠悠轉醒，可是等不及休養康復，立刻就買了船票帶著兒媳婦前往日本。抵達當晚他便和兒子談判，他說：「你只有兩條路可走，一條路是把名字改回來，做回中國人，如果日本人不允許，你就跟我回台灣；第二條路我們從此斷絕父子關係，你把我借你開診所的錢全部還我，從今以後，我們再也不要見面。」徐積慶苦思良久，不肯回覆，但父親仍一直相逼。

到了第二次父子交談時，他乾脆心一橫說：「我的事業和孩子都在日本，我不準備改回來。」

徐有福聽了倒抽了一口氣，冷冷地說：「為什麼！難道不做日本人就活不下去了嗎？」

徐積慶耐著性子向老父親解釋了當時日本法律與醫界的規定，唯有先入籍才有行醫的機會，並向自己的父親保證日後一定改回漢姓，決不數典忘祖。徐有福深知兒子立志在日本出人頭地，即使身為一個父親也只能黯然地離開日本回台灣。

接下來的十年間，徐積慶的弟弟曾經到日本看他，他忍不住向弟弟抱怨，如果當初父親沒有撤資，他的醫院絕不只如此。他覺得父親的執著太無理了，在異鄉打拚最重要的是生存，日本姓還是中國姓不都是一樣的嗎？可是徐有福認為無論去到何處，絕不能捨棄自己的根，父子二人固執的個性一模一樣，整整十年連一封信都沒寫過。

十年後，徐有福終究還是不敵歲月的摧殘，生了重病，進了醫院長住。徐積慶一接到父親生病的訊息，心裡懊悔萬分，立刻寫信向父親低頭，表示願意為自己當年的衝動道歉，希望能再見父親一面。只是徐有福的回信卻只簡單寫著一句話：「我沒有日本人的兒子，如果日本人的兒子要來看我，我當場就自殺。」徐積慶深知父親言出必行的個性，便與妻子商議化解之道。徐積慶的太太深明大義，認為當初的問題已經不存在，她雖然是日本人，但也以嫁給積慶為榮，所以為了安慰父親，應該將漢姓改回來。徐積慶受到太太的鼓勵，決心把全家的姓名恢復為徐氏，而這件事很快就成了京都的社會新聞。

等到徐積慶完成了改籍的事情後，徐有福的病已經沉痾難起，他思念這個遠在異鄉的長子，想要見積慶一面，但對兒子改籍換姓一事卻仍然忿忿難平。一種矛盾又心痛的折磨，終於讓這個一生堅忍不拔、奮鬥不懈的戰士陷入了彌留的階段。

遠在日本的徐積慶一接到父親病危的電報，立刻趕了回來，並告知老父親已經改回了漢姓。最後，徐有福握著長子的手深感當年京都的誓言已然兌現中，便在微笑溘然而逝。

在多年之後，徐積慶的身體不太好，因此落葉歸根的想法愈來愈強烈，希望彌補過去失落的回憶，所以帶著子女搭機回到台灣。一路上和父親之間的矛盾與爭吵歷歷在目，隨著飛機逐漸下降，他的情緒也愈來愈複雜。

到了台灣，弟弟一家人前去接機，而徐積慶則請了所有的堂兄弟吃飯，其中就包含了我的岳父。筵席期間大家對兩代過往的誤會摩擦內心都有些感慨。短短一週的探親旅程，彌補了家族二十年的隔閡，福州瓜山的徐氏在台灣的一隅重新有了新的支脈。

日後，我和岳父到京都旅遊時，岳父想起住在京都的嫂嫂積慶夫人，於是順道前去拜訪，積慶夫人也非常客氣地接待我們。後來岳父告訴我，他從小和積慶玩在一起，看著他一步步地努力，最後在日本當上醫生，心中無比佩服。

過去台灣人在日本的統治之下，忍受異族統治的生活差異，但是第二代出生後，從小接受日本教育，早已習以為常。對徐有福來說，中國是他的家鄉，在台灣的事業有成之後，回福州修橋補路亦是天經地義之事，甚至他的父親恆鑾公去世時，還盛大地幫他辦了風光大葬。一切的努力，全都符合中國儒家忠孝仁義的根本信念。

反觀徐積慶自小受日本教育長大，一心立志在日本成為名醫，因為各種客觀因素的限制，必須改名換姓，但在時光更迭、條件允許的時候，仍毅然改回祖先的姓氏，例如棒球巨星王貞治就是最好的例子，這也是在那個時代許多滯留日本的台灣同胞的經歷。

天秤的兩端

在亂世中完成的婚姻，常常包含著許多無奈與身不由己，因此也造就了許多的悲劇，可是卻也有一些看似八竿子打不著的兩人能終身廝守，就像是趙清玉女士的故事。

在那個連男人都鮮少受教育的年代，趙清玉不僅是其中的特例，更是日照中學女學生的先河。趙清玉出身山東，自小勤奮好學，矢志當花木蘭第二，因此早在十二歲時便請求父母親讓她到日照中學就讀。可是她父母親一聽了頭搖得跟撥浪鼓似的，一來當時教育風氣未開，連男人都沒讀書了，何況是女人；二是通勤到縣城路途遙遠，一個黃花大閨女能在村子裡念個私塾已經很了不起了，要是在外頭拋頭露面，實在不成體統；三則日照中學是男子學校，從未招收過女學生，憑這三點就連考慮都不用想。

所以任憑趙清玉再怎麼苦苦哀求，父母親都打了回票。趙清玉看來軟的不行，乾脆絕食明志，足足撐了三天沒吃飯。父親寵愛女兒，哪捨得她挨餓，最後只好妥協說：

「好吧，只要日照中學肯收女生，我就讓妳去讀。」

這一聽，趙清玉的精神都來了，她抄起一支防身的棍子，隻身前往日照中學找校長說項。

「我們不收女生。」

「為什麼不收呢？」

「因為不方便。」

「哪裡不方便呢？」

「因為……這個……總之就是不方便。」

趙清玉話講得不卑不亢，反倒是一校之長被一個小女孩灼熱的眼神給逼得支吾其詞，說不出個道理來。

而趙清玉早就有備而來，接著她開始一一列舉歷史上有名的巾幗英雄，試圖曉以大義，只見她說得振振有詞、神采飛揚，眼看是動搖不了，這樣耗下去也不是辦法，末了校長只好嘆了口氣說：「好吧，我破例收妳這一個女學生。」不過，若是全校只有一個女生也太不像話，於是在趙清玉的影響之下，日照中學正式招收女學生。

中學畢業後，趙清玉的父親心想女兒念書的心願已了，應該回歸家庭嫁作人婦了，於是便著手替她物色了一個婆家。但沒想到趙清玉抵死不從，鐵了心要到青島讀女子專科學校，父親當然了解自己女兒的執拗，加上家中是富農，多付點生活費也不成問題，終於還是點了頭，同意趙清玉赴青島繼續深造。

不過，當趙清玉前腳才出門沒多久，後面便發生了共產黨解放日照的事件，趙清玉的父親寫了一封信給她，說家鄉正在推動土地改革，叫她千萬不要回家。頓時趙清玉成了有家歸不得的孤兒，她只好在青島與幾個同病相憐的師生相依為命成了流亡學生，隨著國民政府跑遍山西、河南等地，整整度過了一年多驚弓之鳥的生活。

之後因時局的變動，流亡的師生們輾轉又回到了青島市。當時整個山東除了青島都被共產黨解放了。青島成了一個大難民營，各鄉各縣各行各業的人全擠在大街小巷裡，誰也不知道明天是生是死。而到了規模最大的青島撤退那一天，更是怵目驚心，只見碼頭上塞滿了死命想擠上船的群眾，每個人的眼中盡是驚恐，趙清玉尤其如此。因為她出身富農，萬一上不了船，被共產黨逮住了，等著她的恐怕是無數的鬥爭大會。可是能登上象徵救贖的船艦的只有軍人和眷屬，其他的身分一無用處，無論你是達官顯貴還是販夫走卒一視同仁，因此任憑她和同學苦苦哀求，守著登船口的士兵就是不放行。

遠方的槍聲愈來愈近，眼看共軍馬上就要進城了，趙清玉等人急得哭了出來。就在生死存亡之際，旁邊一位好心的連長出了主意：「姑娘，妳們這樣下去不是辦法，乾脆每個人在我的部隊裡挑一個沒結婚的嫁給他，立馬成了軍眷，大家就能上船了。」

趙清玉和同學聽了面面相覷，婚姻大事豈可如此兒戲？然而在性命交關的當下，這也是唯一的一條路了。

連長又問：「妳們怎麼說？」

幾個同學只能默默地點點頭。

連長立刻下令：「部隊集合！」

此時，一群背著大包小包的軍人登時排好，接著連長又喊：「沒結婚的出列！」隊伍一陣騷動，站出二、三十個大漢。

連長說：「今天連長幫你們作媒。」接著看向一干女學生，朝著部隊一努嘴說：「自己挑，挑到了挽著她的手，這件事就算成了。」

這廂阿兵哥一陣莫名其妙，待會兒連船要開到哪裡都不知道，怎麼平白無故又多一個老婆？那廂女學生則是看著素昧平生的陌生人躊躇不前，選哪一個都不對。

連長趕忙催促：「快一點，船要開了！又不是挑菜！還要不要活命啊？」

趙清玉心想，至少挑一個個子大一點的，亂世之中比較能保護她，於是最後選了一個人高馬大的排頭。只消三十分鐘不到的時間，配對完畢，連長宣布大家成了夫妻，當場就多了數十對的逃命鴛鴦。

一直到了填寫相關資料時，趙清玉看著自己的名字旁邊寫著「李仁倉」三個大字，才知道她的先生叫什麼名字。兵荒馬亂中沒來得及多問，一行人連忙擠上船。

夫妻倆好不容易在船上找到一方棲身之地，七手八腳地安頓之後，兩人大眼瞪小眼，怎麼看怎麼彆扭，趙清玉打破沉默地問：「你是哪裡人？怎麼會當兵呢？」

沒想到此時李仁倉竟嘰哩咕嚕溜出一嘴土話，趙清玉幾乎聽不懂，反覆詢問之後才知道夫婿是個不識字的大老粗，連當兵都是在街上被強拉進部隊。看著李仁倉憨憨地傻笑，趙清玉好生後悔，一個好好的知識青年，怎麼會配上一個莽夫呢？可是既然選了，日子還是得過下去。

這一對臨時湊數的夫妻在基隆上岸，兩人生下了一男一女，趙清玉放下心中遠大的志向，選擇在家相夫教子。日後李仁倉因傷無法繼續服役，退伍後只能找到踩三輪車的工作，靠著微薄的收入養家，生活過得十分清苦。趙清玉眼看日子快要過不下去，決心走出家庭報考師專短期班，沒想到這一考居然考到了榜首，大家才發現李仁倉的太太不是簡單的角色。

畢業後趙清玉果然如願順利當上老師，靠著自身的努力，一路幹到教務主任，最後成為校長，而一對子女遺傳了母親好學的個性，均自第一志願畢業。反觀李仁倉還踩著三輪車，下班後為了貼補家用，到處去拾荒，夫妻兩人簡直處於天秤的兩端。

日後當我陪著父親到趙清玉的家裡拜訪時，我們還得先穿過院子裡堆得滿坑滿谷的廢紙、廢鐵和玻璃瓶罐才能進到房裡，而屋內掛滿了字畫與各式典籍，洋溢著濃厚的書香，屋裡屋外猶如分屬兩個不同的時空。

可是這一對在別人眼中天差地遠的夫妻，感情卻好得出奇：每天趙清玉一定親手幫李仁倉做便當；而當趙清玉俯首案前舞文弄墨時，李仁倉不忘陪在愛妻身邊驅趕蚊蟲，晚飯後兩人攜手散步，聊聊一天的經歷。

到了晚年，李仁倉罹患癌症，趙清玉在病榻前照顧得無微不至，許多趙清玉的學生到醫院探病幫忙，忍不住偷偷問趙清玉說：「老師，您和師丈根本是兩個世界的人，為什麼這麼多年來，您始終守著師丈呢？」

趙清玉笑著說：「的確，當年許多同學到台灣沒多久就離婚了，她們也勸過我：『當初錯了也不要再錯下去，這個李仁倉一輩子都不會有出息，這個家幾乎靠妳一個人撐起來，何不離婚再找一個更好的重新開始呢？』不過，當年在碼頭上逃難時，我的父母親都不在身邊，要是上不了船，我只有死路一條，幸好老天爺給了我一條生路，只是開了一個小玩笑，讓我挑到一個目不識丁的軍人。雖然師丈沒讀過書，可是心地十分善良，老天爺在最後一刻指定他當我唯一的親人，我有什麼好挑剔的呢？」

趙清玉與李仁倉的婚姻緣起並沒有任何愛情元素，僅是戰亂中求生的唯一選擇，可是兩人竟能包容彼此的差異，攜手走過數十年，成就圓滿的家庭關係，是大時代患難無常的婚姻中，極罕見的幸福結局。戰爭阻斷了趙清玉的夢想，但卻沒讓她怨天尤人，反而學會了珍惜；而一開始的婚姻也並不是出於自願，然而之後怎麼經營婚姻生活卻是自己可以選擇的事情，其中趙清玉與李仁倉的故事便是其中最好的典範。

老鄉長

在我的山東日照老家，有一位受到鄉民愛戴，也是我終生景仰的長輩之一：丁仲容先生。丁仲容先生出身山東省日照縣的荷疃村，祖父是前清時日照縣赫赫有名的舉人，父親是秀才，不但是書香傳家，而且自嘉慶年間起，荷疃的丁氏這一支便功名顯赫富甲一方。家族財力與山東另一大家族劉氏並駕齊驅。因此當一般人還在念私塾的時候，丁仲容已經到濟南接受新式教育。

民國四年，北洋政府與日簽訂喪權辱國的《二十一條》*，引發大規模罷工罷學抗議

*一九一五年二月二日，日本向袁世凱提出了五號共計二十一個條款，簡稱《二十一條》的不平等條約，其中部分條款以若干出讓中國主權的條款為底本。不過二十一條所有條款並非北洋政府簽訂的最終條款，最後簽訂的是《中日民四條約》。

活動；日後，日本侵華的手段接二連三，在當時丁仲容雖然還是個懵懂少年，但是自小在外求學，在西式教育耳濡目染之下思想與眼界自然與眾不同，心中早已埋下了圖強救國的種子。

讀中學的某一天，丁仲容到書局買書意外邂逅一位女同學余小姐，余小姐見丁仲容氣宇軒昂溫文儒雅，對他有幾分好感；而余小姐爽朗的個性也一樣吸引著丁仲容。實際相處之後，兩人情愫與日俱增，甚至約定好中學畢業之後同赴北京讀大學。

不過，余小姐的來頭不小，其父親是北洋軍閥中戰功顯赫的師長，雖然丁仲容家底殷實，但是與軍二代相較之下，只能算是一般老百姓，余師長自然反對女兒與沒沒無聞之輩交往；況且丁仲容自幼已經和地方望族安氏訂下婚約，依照長輩的計畫，中學畢業之後便要返家成親，豈容他隨便悔婚。不過，兩人受到新式教育的洗禮，不僅對於傳統社會的媒妁之言深深不以為然，甚至不畏懼挑戰家族的權威，因此兩人私自決定一畢業後，就一同前往丁仲容家中向長輩說明實踐一起到北京讀大學的計畫。

當小倆口抵達日照時，第一時間不敢讓家人知道，打算低調行事，準備先去找時任縣長秘書的叔叔商量對策。不過，當身著戎裝的余小姐英姿颯爽地騎馬進城時，立刻轟動全縣城，一向保守的縣民紛紛奔相走告：「丁家少爺從外頭帶了一位標新立異的年輕姑娘回鄉。」因此兩人還沒跟叔叔討論出對策，消息已經走漏到丁仲容父親的耳中，老先生一聽兒子居然幹出離經叛道的大事，要是他們已經私訂終身的話，日後肯定淪為日照地區茶餘飯後的八卦話題，氣得鬍子都歪了，於是立刻派家人火速將仲容先生召回，打算問個分明。

兩個年輕人返家時，連帶引來了一群好事的鄉民擠在牆邊看好戲，經過審問，確認了兩人僅止於同學之情，並沒有釀成無法挽回的大錯，加上丁仲容的母親不斷打圓場，老先生的怒氣才漸漸平息。只是對於兩人繼續升學的決定，老先生還是不以為然，但丁仲容也不願讓步，父子僵持不下，眼看天色已晚，最後只好各退一步，先安頓余小姐住下，隔日再派人護送她回家。牆外的鄉民眼見劇情已落幕，一哄而散，紛紛回家吃飯。

只是萬萬沒想到，流言傳得比馬還快，身在軍營中的余師長得知寶貝女兒居然被拐到日照縣了，認定丁仲容一定不懷好意，企圖占女兒的便宜。大為光火之下，立馬集合一個團的兵力，快馬加鞭地殺到日照城，包圍縣政府，要求交出丁仲容和女兒。

縣長看到眼前黑壓壓的一票都是荷槍實彈的軍人，嚇都嚇傻了，趕緊傳話到丁仲容家裡。丁家人見情況不妙，輪番上陣勸余小姐趕緊跟著父親回家。可是這頭原本與丁仲容的求學計畫還沒得到個說法，她哪肯罷休，因此耍起大小姐脾氣，死活都不願意回去。

這一樁大事可在縣城裡鬧得沸沸揚揚，跟著也傳到跟丁仲容有婚約的地方望族安氏耳裡，當家的老爺子一聽說未來的姑爺居然帶了一個千金小姐回家，覺得太沒有面子了，因此安老太爺親自坐著騾車前往丁家興師問罪。這個晚上，三方人馬匯集在丁家，弄得雞飛狗跳、人仰馬翻，比唱戲還熱鬧。

丁仲容眼見窘境都因自己而起，當初與余小姐共赴美好前程的決心也跟著開始動搖，加上母親好言相勸：「你已經有了未婚妻，雖然還沒拜堂，但是好歹要對人家有個交代，不能衝動行事；余小姐也是一個知書達禮的好女孩，不過她出身軍閥世家，我們丁家五代之內從沒有跟軍人牽扯任何的關係，防的是萬一時局不穩，恐怕牽連整個家族，如果你去北京，非常可能跟余小姐繼續發展，家族是不可能接受的。」

在反覆思量後，丁仲容決定不讓長輩為難，於是先勸余小姐回家，待風頭過去之後，兩人再討論何時前往北京。余小姐冷靜之後自知難以成事，於是也只好乖乖地跟著父親的部隊回家，安老爺子這才放心，一場轟動縣城的鬧劇終於平安落幕。

日後，丁仲容依然掛念著跟余小姐的約定，甚至有幾次還偷偷收拾包袱企圖出城去，但是總是在驛站被家人攔截，面對家中兩老的大力反對，丁仲容只得暫緩求學的計畫。

而在同時間，日照恰巧發生了一件日本軍入侵的大事；原本日本派出了由十二人組成的地質探勘隊到諸城縣考古，結果某天早上大夥兒吃早餐時，竟有兩個人不知去向，日本憲兵隊聞訊介入，在日照城裡大肆搜查，最後僅找到兩人的制服，於是向外宣布這兩人肯定是被日照當地的土匪綁架，立即出兵封鎖日照城，要求縣政府交人。

這一封鎖可好，外頭的人進不來，城裡的居民出不去，民生活動近乎癱瘓，民眾叫苦連天，更讓民眾憤怒的是，日軍毫無證據便誣賴中方蓄意綁架，限三日內交出主謀，否則大肆搜城，很多滿腔熱血的知識分子索性放下工作，紛紛跑到縣城抗議。正值血氣方剛年紀的丁仲容，也率領著一干同學振臂高呼，將縣城裡的日本商社團團圍住，日本憲兵隊見他們愈鬧愈兇，將主事的丁仲容抓至青島市，關在日本小野會社情報機關部裡。

但沒想到一個月之後，原本杳無音訊失蹤的兩個人，竟然平安出現了！原來是他們參與考古時，被當地的騙子神秘兮兮地拿著假骨董，謊稱是某古文明遺址所挖出的玉器，引誘兩個日本人一同去尋寶。日本人不疑有他，跟著騙子到了所謂的遺跡，才發現對方打算詐財，騙子一不做二不休，索性把日本人關起來再做打算。只是因為後來發現事情愈演愈烈，連日軍都進城了，幾個騙子嚇得一哄而散，兩個日本人這才逃了出來，因此丁仲容等人才順利獲釋。

不過，日軍封鎖日照城一事在失控的情況下已經演變成政治事件，就連南京政府都發出了抗議電文，要求日軍立刻撤軍。經過這次事件，丁仲容深切感受日軍侵華的野心，以及國家的衰弱，於是打消了至北京求學的念頭，以振興國家為己任。他認為要讓國家興盛，得先從根本的教育著手，於是先在諸城縣的鳳儀小學擔任校長，然後轉任日照中學第一屆的教務主任。此外，他還偷偷跑去江蘇，接受中國國民黨三民主義教育團的訓練營，先後長達半年的時間。在正式成為中國國民黨的一分子之後，他接受黨的委任，負責組織日照縣的國民黨縣黨部。

原本在北洋政府的控制之下，日照縣國民黨的勢力並不大，直到民國十五年北伐成功，勢力版塊才有所轉變。

而縣黨部成立之後的第一件要事，便是成立日照縣中學，丁仲容先生當仁不讓地擔任首任的教務長，此外還身兼縣黨部秘書，在地方上十分活躍，生活忙碌而充實。日後，丁仲容也與安小姐順利成親，過著風平浪靜的日子。

到了民國二十年，日本為了拓展勢力，計畫派遣海軍陸戰隊到日照縣勘查石臼所港口的軍事布署。日照縣政府收到風聲大為緊張，為了抵抗日軍的進犯，於是向全省發出求救的電報，要求省內所有部隊火速集結至日照，以期抗衡日軍的入侵。

這一發布，除了國軍正規部隊之外，還有七、八組沒番號的土匪雜牌軍也應訊前來，這一票人馬合計兩千多人，假借王師之命大搖大擺地進城抗日，實際上趁機打家劫舍。然而日軍的先鋒部隊才剛開拔到離日照二十公里的膠南縣便收到青島海軍司令部所下的撤退命令，原來日軍的行動引起國際關注，不得不取消行動，所以正規軍並沒有抵達日照縣，便已全數返回青島。

在縣城的這些土匪收到此一消息，立刻喜上眉梢，認定自己兵強馬壯才嚇阻了日本海軍陸戰隊，竟然不費一兵一卒就輕鬆獲勝，論功行賞的要求也是合情合理。因此順勢成立日照縣臨時政府，推派一位王姓旅長擔任臨時縣長，開口要求在十天內備妥五千擔小麥和五萬塊現大洋的報酬，否則要綁架縣黨部和縣政府所有的人。一干土匪擁槍自重，趁勢勒索搶劫，城內的婦女擔心自身安危，紛紛往臉上抹鍋灰躲在家中不敢出門，只要城門一開便有一大群居民倉皇逃往鄉下，甚至聽說抱犢崮附近殺人如麻的大土匪劉一刀也打算下山分一杯羹，日照城登時陷入無政府狀態。

山東省政府見大勢不妙，火速發出電報授權丁仲容出面解決，可是若要動武，丁仲容先生手下既無軍火也無兵，充其量只有幾個警察可供調派，要是推出去，還沒開口就被打成馬蜂窩了；但若要求和，城內東拉西湊頂多勉強擠出兩萬塊現大洋，五千擔小麥是絕無可能。丁仲容身為中生代的領袖，認為有解決這次事件的責任，但是愁得不知道該怎麼辦才好。

這時，有一位叫劉祥玉的縣府秘書突然想起了遠在濟南的余小姐，她的父親當時已經貴為革命軍第二十九軍的師長，若是他能發兵援助，日照城的難題就有了解答。丁仲容一聽到這個點子立刻大搖其頭，他告訴眾人說與余小姐彼此之間還有些尷尬，此刻上門求援恐怕再起漣漪。可是大敵當前這也是唯一的希望，大夥兒都勸丁仲容以生靈為重不要顧慮那麼多，最後在不得已的情況下，他連夜向余小姐拍電報求援，提及日照城遭土匪盤據，生靈恐遭塗炭，城內無錢也無糧，無法滿足土匪的勒索，是否能請余小姐的父親看在百姓安危的份上出兵平亂。

電報一發，眾人便日夜盼著余小姐的回應，眼看十天的限期已到還沒動靜，於是臨時政府的王縣長二話不說，一口氣把縣黨部和縣政府的人全數給綁到縣政府大廳，丁仲容自然名列其中，五花大綁成了待宰羔羊。

就在生死交關的時刻，一個嘍囉急忙向王縣長通報說：「報告縣長，外頭來了一批武裝馬隊，嚷著要進城呢！該怎麼處理？」

王縣長聞言火速到城門上一看究竟，結果還真有二十幾個荷槍實彈的國軍騎著馬一字排開，帶隊官自稱代表二十九軍，表明要進城。王縣長弄不清真假，心想丁仲容在地方上人面較廣，不如讓他出來試探真假。丁仲容從城牆上一看，馬隊中有一個熟悉的身影，不是余小姐是誰？

丁仲容喜出望外，但是再仔細一看，余小姐的肢體動作僵硬，緊繃的神情掩飾著不安，丁仲容登時心裡雪亮：「糟了，余師長的大軍沒來！」

原來余小姐收到電報以後，向余師長苦苦哀求，拜託他出兵營救日照，但余師長何嘗不明白女兒是為了丁仲容？豈能讓他們再有更多的瓜葛，於是便藉口日照縣並非他的勢力範圍斷然回絕。不過余小姐自是知道父親絕對捨不得自己冒險，因此如果她趕到日照，父親肯定會按捺不住。因此她便自作主張領著自己二十多人的衛隊班，連夜趕往日照。可是到了之後該怎麼全身而退，她始終想不出個主意。

丁仲容看出余小姐出於一時衝動，這下子只能智取，萬一搞砸了，連面前這唯一的救兵都要遭殃。沉思半晌後，他吸了口氣對著帶隊官大喊：「喂，你們後頭的部隊還要多久才到？」

饒是帶隊官機靈，一聽就明白丁仲容的用意，順勢搭腔說：「快了，後面還有一個旅正在集結，五千位弟兄立即趕到！」

王縣長雖然平時擁槍自重，不過欺善怕惡慣了，一聽到五千人的正規軍嚇得腿都軟了，馬上大開城門，恭恭敬敬地迎接馬隊進城。他看這些軍人對當中一位年輕女子畢恭畢敬，一亮字號才知道是余師長的千金小姐，雖然弄不清楚為什麼千金小姐會親自出門，但是看樣子一點都不假，於是立刻下令大開筵席，以上賓之禮接待余小姐一行。

丁仲容和余小姐眼見臨時演出的空城計沒有穿幫，心中大石稍稍落地，放心坐下吃喝。席間王縣長好奇地問：「為什麼余師長要大老遠地跑來關心日照的事呢？」

只見帶隊官好整以暇地說：「因為余小姐日後要嫁到日照城裡，算起來也是余師長的親家，他當然會關心了。」

丁仲容一聽差點把嘴裡的酒菜噴出來，他偷偷望向余小姐，只見她神色自若，丁仲容強壓滿腹疑問，繼續吃飯。倒是王縣長雖然是頭一次聽到這個消息，但卻也沒再追問，只是暗自盤算著該如何退場。到了當天深夜，便偷偷找來丁仲容討論說：「五千人正規部隊馬上就來了，我該怎麼辦？」

丁仲容知道王縣長想打退堂鼓，機不可失，於是趕緊勸他說：「其實日本人沒打來，你們根本沒出力，不只你知我知，老百姓全都知道，現在他們還怕你，但如果時間一久引起眾怒，不用等到余師長出馬，恐怕你們自己就困死在城裡了；而且中央也拍來電報說抱犢崮的劉一刀隨時準備進日照，其他的國軍部隊絕不會坐視不管，再加上兵臨城下的余師長一夥，你們真的很危險。不如這樣，我們以抗日有功的名義頒兩萬塊大洋給你，另外五千擔的小麥就作罷，如此一來，你們安全回老家，這一趟也沒白來，豈不美哉？」

王縣長一聽有道理，立刻接受丁仲容的提議，隔天一早收下鄉紳致贈的兩萬塊大洋，得意洋洋地宣布收兵，全員撤離日照縣。

不過，雖然土匪離開了日照縣，但是余小姐卻沒離開。

有道是請神容易送神難，余小姐知道丁仲容已經結婚，也沒打算鬧事，只是兩人當初約好要一起到北京求學，如今希望丁仲容給個交代。丁仲容沒辦法，只好先安排她在日照縣政府住下，回家跟父親商討該怎麼處理。而日照的居民也忙著看熱鬧，有人擔心余師長的兵馬何時要來？要是來了，五千人要吃要住，縣政府哪裡來的糧食和經費？也有人猜想丁仲容怎麼安撫余小姐？元配安小姐又怎麼看？搞得日照城熱鬧非凡。

丁仲容見狀不妙，特地找了一天跟余小姐在日照縣中的校長室關室密談，經過一個上午的協商，余小姐竟然滿面紅光地率領親衛隊班師回朝，過程平和異常。所有人都好奇丁仲容到底跟她談了什麼？不過丁仲容三緘其口，連他的太太也不得而知，只說以後余小姐不會再來干擾兩個人的家庭生活。這下好事者又開始捕風捉影，有人言之鑿鑿地說丁仲容要納妾；還有人說丁仲容打算跟元配離婚；甚至有人說丁仲容與余小姐立下誓言，三年後到北京與她共續前緣，但是真相如何，始終沒有人知道。

民國初年時，共產黨還與國民黨還未分家，無論是部隊或是黨部，還是打著國民政府的旗號，在各地迅速發展；到了國共分裂期間，國共不但對立而且明爭暗鬥愈演愈烈，共產黨採以鄉村包圍城市的戰略，四處發展組織；而同時日本人也早已露出侵略的野心伺機蠢動，整個魯南地區可以說人心惶惶、動盪不安。

丁仲容不時接到世局危如累卵的消息，深切感到家鄉安全受到威脅，於是他特別向中央拍了封電報，建議在日照縣要組織一支武裝部隊，保衛日照縣鄉民的安全。當時由蔣介石親自回覆電報，准許日照成立保安緝私隊，任命丁仲容擔任保安緝私隊司令。於是丁仲容整合日照、莒縣和諸城這三個縣的鄉勇、團練和游擊隊等武裝團體，再找了山東一帶許多有練兵經驗的退役軍人或是將門之後，訓練出一支五百多人的緝私隊。丁仲容雖是文人，也是生平第一次穿戎裝保衛家鄉的安全，但由於個性正派耿直，為人一言九鼎，也吸引了各路雜牌軍帶槍投靠。

在日照縣的西北方有一座絲山，打清朝起就出土匪，當時最有名的土匪頭是坐擁七、八百人的趙五郎，丁仲容為了說服趙五郎一起為保衛家鄉出力，帶著幾名隨從輕裝上山，甚至與趙五郎拚酒。要知道土匪喝酒特別厲害，不過丁仲容為了展現誠意，一個人喝光一罈十斤的老酒，雖然最後不勝酒力，但所展現的氣魄讓趙五郎刮目相看，因此帶著部隊歸順緝私隊。

丁仲容一路收編，最後部隊竟擴張成了有三千人的大軍。此時日軍已經在青島集結部隊，並摩拳擦掌準備染指整個山東，這個時期因為丁仲容的保安緝私隊的實力，使日軍不敢輕舉妄動，可說是日照地區難得的一段太平日子。

民國二十五年三月時，濟南發生了重大事件。二十九軍第八師的余師長犯了軍令，蔣介石下令剝奪他的軍權，派人押解至南京聽候審判。此時駐紮在濟南西邊虎丘的第八師舊部趁機叛亂，軟禁了余師長的家人，與中央決裂，不但成立了自己的番號，還打著余小姐的名義要脅南京政府無條件釋放余師長，這個要求簡直是想置余家於死地。身陷叛軍的余小姐百般無奈下設法派了一位親信帶著一封信向丁仲容求救，希望他能到濟南營救自己和家人。就在信差上火車的一刻叛軍得到密報將送信人攔了下來，經過仔細搜查，信封裡除了一顆銀質子彈外別無片紙隻字，無奈之下只好放行，這封無字書信就平安地到了日照。

丁仲容收到了這封信大吃一驚，原來上次余小姐解了日照縣城之圍時，兩人在日照中學就海誓山盟約定當丁仲容收到余小姐的這一顆左輪手槍子彈時，無論如何都要立刻趕到濟南來不得有誤。丁仲容當時為解一時窘境答應了下來，且作為彼此的秘密，哪知現在這顆銀質子彈就出現在眼前，去與不去得先與父親商量，不過他父親還記著當年兩人差一點私奔的事情，萬一這一次兩個人重燃愛火，家中的妻子和孩子該怎麼辦？因此極力反對丁仲容出兵。

可是丁仲容考慮再三，認為於公於私他都應該出馬，於是最後便偷偷率領一個排的兵力，帶著手槍、手榴彈等輕武器，扮作商旅，連夜從石臼所港搭船到青島，再轉火車到濟南，花了五天的時間上虎丘與叛軍談判。

他謊稱自己的三千兵力已經準備開拔，要求叛軍放了余小姐。最後判軍提出條件，由丁仲容代替余小姐當人質，等余小姐抵達南京說服中央釋放余師長後，便放了丁仲容。丁仲容為了報答余小姐的人情，爽快地答應了。

一行五十多人在虎丘一待就是一個多月，而余小姐平安到達南京的同時，蔣介石也大發慈悲，只把余師長給革職，並沒有判他軍法，而且為了增加對抗共產黨的兵力，不但沒追究叛軍的行為，還將其收編為正規軍。叛軍接到消息，立刻放了丁仲容，可謂皆大歡喜。當然，縣裡喜歡八卦的鄉民沒有放過這次的機會，縣裡的好事者繪聲繪影耳語著丁仲容如何捨命救佳人的故事。只是謠言總有平息的一天，國家卻是愈來愈動盪了。

民國二十六年抗戰爆發，日軍殺入日照，丁仲容率軍抵抗，面對日本的精銳部隊，只抵抗了兩天便死傷了五百多人，丁仲容深知雙方實力相差懸殊，不願貿然犧牲，因此下令撤軍至偏遠的鄉間，改以游擊與暗殺的方式抗日，在抗戰期間專門埋伏暗算清鄉的日軍，據說總共消滅過兩百多人。

也因此丁仲容名列日本憲兵隊的通緝名單之一，懸賞金高達一萬大洋。為了掩飾行蹤，八年來他完全與家人斷了聯繫，曾有四次經過家門口，亟欲敲門跟家人道聲平安，只是為了國家大業，丁仲容忍住心中的思念，頭也不回地繼續執行任務。

民國三十年，丁仲容為了壯大抗日組織，與共產黨領袖周恩來*在上海曾見過一次面，結合山東附近的八路軍勢力，所以在魯南地區的抗日組織，包括武裝部隊和特務組織統統由他領導，八年抗戰可以說是他的事業顛峰。

抗戰勝利以後，因為顯赫的戰功加上中央的信賴，丁仲容繼續在縣政府擔任縣黨部主任秘書，兼任日照縣復員委員會的主任委員，此時共產黨的勢力已然壯大，一位共黨高幹周揚曾從北京直奔日照縣，企圖說服丁仲容投共，丁仲容沒答應，周揚就撂下狠話說：「如果你不投共，等我們解放了山東，恐怕你就後悔莫及了。」丁仲容深知共黨的勢力發展如日中天，擔心連累家人，因此有很長的一段時間都住在緝私大隊裡。

同年，日照的緝私大隊在東海查獲了一條走私船，上頭藏了一千公斤的鴉片菸土，值黃金二千兩，原本計畫從東北開往上海，但因為中途被查獲，所以暫時鎖在石臼所港裡。

到三十七年的十月時，共產黨第八路軍開進了日照縣城，國民黨的黨工人員留下來性命可能不保。丁仲容率領縣府的一百多位官員與家人倉皇逃走，危急之中搭上了先前查獲的走私船，狼狽抵達青島。沒想到當時查緝的船，現在救了他的命。出港時，丁仲容回望日照縣的海岸線，卻沒想到那是這輩子最後一次看到故鄉的海岸線。

＊一八九八—一九七六，生於江蘇淮安，祖籍浙江紹興，中國共產黨及中華人民共和國主要黨和國家領導人之一，亦為中國人民解放軍創始人之一。

丁仲容到了青島後因局勢每況愈下，不得已與山東省黨部流亡機關轉往上海。到了上海之後舉目無親，只好到山東省主席秦德純先生的公館裡搭一張行軍床寄人籬下，就這樣落寞地度過了一年的時間。

有一天，管家向秦德純通報，說二十九軍某一師派一侍衛來找丁仲容。秦德純過去曾任二十九軍的軍長，於是納悶地問丁仲容說：「你跟二十九軍有什麼關係啊？」

丁仲容搖搖頭說：「其中一位余師長以前是我同學的父親，但是我不清楚他為什麼找我。」

秦德純心想都算是自己人，因此便讓侍衛進來說話。侍衛恭敬地行了舉手禮後說：「報告，余師長已經過世了，但是余大小姐住在上海，想要跟丁仲容先生碰個面。」

秦德純說：「自己同學敘敘舊也是好事，我派一輛軍車送你過去。」

丁仲容一聽到余小姐的名號，呼吸差點沒停下來，又聽到秦德純要派軍車送他去，心裡可是有苦說不出。因為太太和女兒此時都跟著他逃到上海，這一趟可是萬萬不能去，但是不去又對不起秦德純的好意，一時半刻之間也不好向秦德純解釋，只能硬著頭皮赴約。

余大小姐設宴款待許久未見的丁仲容，原來她嫁給了上海紡織大亨黃老闆。黃老闆與富商宋子文關係良好，當年余師長差點被槍斃時，就是因為宋子文說了幾句話，才救了他一命，為了報答救命之恩，余師長便將女兒嫁給黃老闆。丁仲容看到余小姐已經成家，心中放下了一塊大石，席間黃老闆把三、四歲大的兒子叫出來見客人，隨口跟丁仲容說：「奇怪，你叫丁仲容，我兒子的名字叫黃仲容，怎麼會這麼巧呢？」

丁仲容一聽滿頭大汗，飯也吃不下了，過去五味雜陳的回憶湧上心頭。不過，黃老闆畢竟是做大生意的，氣量不比一般人，他誠心地說：「你們過去發生什麼，我沒有意見。若是以後在上海碰到什麼困難，只要我幫得上忙，儘管來找我。」臨走前，余小姐把過去與仲容往來的信件偷偷塞給仲容，算是跟往日的情懷正式告別。

到了三十八年國民黨敗逃，共產黨全面通緝丁仲容，因此他跟著國軍逃到台灣，先擔任國民黨的黨工，後來進入政治大學擔任總務課的課員。一個一生為國民黨跟山東省付出一切的風雲人物，晚年卻困在一座海島上當個窮課員，只能讀書寫字自娛。

不過，由於他對日照、莒城和諸城做出卓越的貢獻，因此我們山東老鄉只要見到他一定恭恭敬敬地稱他一聲老鄉長。父親時常提醒我丁仲容先生的風範，每逢過年，我們總是不忘向他拜年。有一回，我們父子特地從基隆搭車到木柵拜訪丁仲容先生，我父親敦請他老先生寫一幅中堂，看著他振筆疾書之際，我驀然發現那顆神秘而遙遠的銀質子彈端立在書桌的一角，依然閃閃發光，像在訴說著主人常常撫拭著過往的愛恨情仇。

我最後一次看到他，是丁仲容先生為了調查日照各家族在台灣的分布情形，自掏腰包跑了台灣一大圈，不辭辛勞地到各地考察山東人的近況。這一位前輩在兵荒馬亂的年代意氣風發，曾有一段相知相惜的感情，卻能耐得住誘惑，等到年紀大了亦甘於平淡，一生始終保持傳統讀書人的風骨，是我們山東值得歌頌的人物。

逃妻搜索大隊

在我成長的齊魯新村裡，住著一群跟著國民黨部隊來台的外省籍叔叔伯伯，有些人為了逃難拋家棄子，有些人則原本就是光棍，當生活安定之後，總想找個伴，享受家庭的溫暖。

只是當年本省人和外省人之間的文化差異過大，一來語言不通，講起話來牛頭不對馬嘴；二來生活習慣大不相同，還有人認定外省人不愛洗澡，缺少衛生觀念，鮮少有本省家族肯將女兒嫁給外省人。所以，許多榮民便選擇娶原住民姑娘為妻。

其中有一位五十來歲的丁大鵬，當年孤身來台，平日踩三輪車為業，他首開與原住民聯姻之先河。當年他不知道從哪聽說了，烏來鄉有人願意將女兒嫁給老兵，於是便找了我父親等五、六個同袍權充親友，一行人浩浩蕩蕩地前往烏來鄉娶親。據我父親描述，當天抵達現場後，只見十幾個小女孩站成一排，由丁大鵬自己選，他琢磨了半天，實在不知道該挑哪一位，乾脆讓大家抓鬮*，講起來十分兒戲。可是為了傳宗接代也沒其他辦法，最後抽到一個十五、六歲的小女孩，丁大鵬給了聘金之後，就把女孩帶回村子裡。回程的路上，我父親直犯嘀咕：「這哪是娶親？根本是買賣人口。」

丁大鵬與小女孩相處幾天之後，決定要正式迎娶，於是向女方家族捎個信，大意是結婚典禮日期已定，邀請對方前來。結果婚禮當天一口氣就來了五、六十個黥面的原住民，過去大家只在長輩的身上看過「殺朱拔毛」、「反共抗俄」等愛國刺青，刺在臉上的還是第一次見到，村裡的老老少少瞧得一愣一愣的。

等到結婚典禮開始，新人往台上一站，只見人高馬大、白髮蒼蒼的丁大鵬挽著十五六歲的新娘，這個畫面甭提有多彆扭了，簡直是爺爺帶著孫女。而晚上的婚宴又是一個高潮，女方家族無酒不歡，當時開雜貨舖的伯父踩著三輪車，整整載了十二趟的紅露酒，一個晚上全部喝光，空酒瓶堆得像小山一樣，末了酒醉的親友一個個歪倒在巷子裡和馬路邊，回想起來，這是我一生見過最盡興的「喜」酒。

結婚典禮之後，有一天我跑去丁大鵬家看新娘子，正好遇上他教太太怎麼包水餃，教了一會兒，丁大鵬便逕自出門做生意去了，只留下新婚夫人茫然地望著桌上的麵團和餡料。她見到我來了，彷彿遇到救兵似的問我：「這些要怎麼做？」只是當時我才小學一、二年級，面對一位大我沒幾歲的婦人向我求救，就算想幫忙也幫不上，只能搖搖頭說：「我也不會。」新娘無助地哭了，後來她抹抹眼睛，試著包起水餃，居然包出跟南瓜一樣大的餃子，塞進鍋裡一煮就破，等到丁大鵬回來一看，劈頭蓋臉地罵了她一頓。這件事成了全村的笑柄，大家見到丁大鵬就會調侃他：「你怎麼娶了一個人，卻包了兩個人都扛不動的水餃啊？」

雖然生活上鬧了不少笑話，不過丁大鵬總算是成了家，原本採觀望態度的眾王老五漸漸覺得這是一條可行之路，於是紛紛掏出壓箱底的存款，比照電影《老莫的第二個春天》，有些人前進竹東娶親，甚至更遠到台中的都有，慢慢地，村子裡的原住民愈來愈多，甚至還有一些原住民太太爭相走告，紛紛介紹自己的姐妹一起加入。姐妹間原本的

＊從做好記號的紙捲或紙團中，拈取其中一個，以取決事情。

關係就很密切，一起嫁到外地之後，感情更加深厚，大家結成緊密的社群，有事沒事便唱歌喝酒。

要是一遇上娘家來探親就更熱鬧了，雜貨店裡的酒一箱一箱地往外搬，晚上還在空地生起營火，一群人又唱又跳，儼然將豐年祭搬到村裡，令人大開眼界。有一些守舊的老人看不下去，皺著眉頭直罵：「這樣下去，村子都要被外人占領了，你們這些當丈夫的怎麼不管一管？」可是這一些漢子好不容易討了老婆，總是希望能生個一男半女的，所以口頭上說歸說，可是沒人敢嚴格限制老婆，深怕太太一不高興，不肯傳宗接代。就例如丁大鵬還真的生了兩個兒子，老來得子，大家分外開心，一些生活上的摩擦也就不計較了。

只是隨著時間過去，日子一久現實問題終究還是慢慢浮現，這一些老榮民有的賣菜、有的修皮鞋，還有挑大糞的，從事的都不是高尚的行業，收入自然很少。只憑著微薄的家用，要正值青春年華的太太整天守著孩子，任誰也待不住。

當時適逢美軍顧問團駐紮在台北圓山，因此農安街上應運而生的酒吧林立，到酒吧兼差的風氣逐漸傳入原住民太太的圈子裡，幾個大膽的先去嘗試，回來之後大力向眾姐妹鼓吹：「老公那麼辛苦才賺十塊、八塊台幣，可是到酒吧陪洋人喝酒聊天，一天就能賺十塊八塊美金啊。而且洋人年輕又熱情，不像老公又老又愛罵人，為什麼不去呢？」於是大家一個拉一個，近三分之一的太太紛紛投入花花世界的懷抱，有家不歸。

可是孩子總不能沒人顧呀，於是村子裡出現了一批背著孩子賣菜、踩三輪車、賣大餅的苦情男人，大家叫苦連天。有時遇上太太偷溜回家看孩子被發現，先生氣得拳打腳踢，只是挨打也抵不上美金的誘惑，老婆安分了兩、三天，一逮住機會照樣往外跑。面對妻子離家，一群大老粗束手無策，只好找我父親商量。

聽完大家東一句西一句的抱怨，我父親下了結論：「總歸一句，她們嫌自己的先生又老又沒用，還不如自己去賺外快。可是孩子不能沒有媽媽，家裡沒有女人，這還算是個家嗎？依我看，你們應該組成一個團隊，把她們找回來，既然她們都是熟人介紹，一定會聚在同一個地方。」

眾人一聽有道理，於是，逃妻搜索大隊在我家客廳宣布成立，有人問：「該到哪裡找人？台北我們都不熟啊？」我父親打了幾個電話，問出最可能的位置是在當時的統一飯店附近，於是他帶隊出發，這一次的任務歷時三天。事後聽我父親向母親提起事發經過，還是令人笑到肚疼。

搜索隊第一天抵達農安街，現場四、五十家酒吧，路上隨處可見洋人摟著美人，看得大家眼珠子都要掉出來了。一群人努力地想在燈紅酒綠間找出自己的妻子，可是大部分的酒女都是輪廓深邃又化著濃妝，誰也認不出她們真正的模樣，最後這群大老粗逼急了，竟然隨便抓一個就嚷著是自己的太太，莫名其妙被揪著的酒女連喊救命，大街上亂成一團，鬧到美國憲兵趕來維持秩序，將整隊老芋仔扔進了圓山派出所。隔天我父親前去保人，呼籲大家務必冷靜，要是再亂拉人，肯定又要被送進派出所，再把大家保出來可要花不少錢。

於是大家重新擬定戰略，決定挨家挨戶探聽，可是怎麼問也問不出來。後來我父親靈機一動說：「我們去找，當然找不到太太，可是換成孩子去找，就肯定找得到媽媽。」

大夥兒一聽有道裡，立刻坐上公車回到村裡，抱上孩子再前往台北。等到華燈初上，一群孩子在各間酒吧穿梭，由於母子連心，見到了自然會相認，不多時，每位太太都被找到了。先生們一擁而上，將太太五花大綁，搭著公車回到基隆，遠遠看起來，彷彿押送犯人一樣。當天晚上，斥罵聲、挨打聲和哀嚎聲不絕於耳。可是沒過兩天，男人一出門工作，這群太太立刻故態復萌，跑回台北上班，丈夫們一點辦法也沒有。

於是逃妻搜索隊又來到我家客廳向我父親求援，父親左思右想，最後說：「這是沒有辦法的事情，一直牽扯下去也很難看，只能低下頭跟她們好好談一談，如果真的不合適，乾脆離婚算了。」一開始大家紛紛搖頭，可是也想不出更好的方法，只好勉為其難地接受了。

因此，逃妻搜索大隊再次出動，可是這一回太太們學聰明了，全員避不見面，指派老外出面表示拒絕回到基隆，雙方僵持不下，最後透過翻譯，雙方終於達成協議；不願意回家的太太可以辦理離婚，孩子交由男方撫養。日後總計離婚的竟達七、八對之多。

從此以後，每逢假日，就會有一群打扮得非常妖豔的美女，帶著大包小包的禮物回到村子裡來看小孩，有一年聖誕節時，其中一位媽媽的老外男友更套上白鬍子、穿上紅衣，扮成聖誕老人來發禮物，最後在村裡的廣場辦了盛大的聖誕派對，那是我生平第一次看到聖誕老人，所有的孩子都玩瘋了。

不過，原先村子摻入原住民文化時，保守的老人家就已經受不了，這一下子又加入美國風，讓守舊派氣得差點沒昏過去。而逃妻搜索大隊就此宣告解散，這些老兵又回到光棍的生活，大家認分地守著孩子。這一群孩子長大之後，有些人到美國投奔母親，也有少部分因為成長過程缺乏家庭的溫暖，漸漸走上歧路。

不過，外省與原住民的婚姻也有幸福的結合，我認識一位從日月潭嫁過來的費太太，當初其他人邀她一起去兼差，她堅決不跑，執意守著五個孩子和清潔隊的工作，她便成為老一輩眼中的模範媳婦，甚至為了賞善罰惡，每逢過年時，村裡的老人家還會打一面小金牌送給她，彰顯她的卓越功績。

現在回頭觀之，當初這些外省老先生無法提供經濟安全，又不懂得疼惜另一半，甚至不願意溝通，僅將太太視為延續香火的工具。所以當誘惑來臨時，許多太太選擇跳脫婚姻的束縛，追求更快樂的未來。對照現今社會新住民所遭遇的問題，似乎有不少相同之處。

大帥牛肉麵

過去的眷村就像是聯合國，什麼閩南人、四川人、蒙古人、山東人等各省鄉親齊聚一堂。由於家家戶戶都是軍公教子弟，各家經濟水平差不多均貧，甚至連孩子的內衣褲都是用駱駝牌麵粉袋縫製而成。每天下午放學後，孩子四處追打胡鬧，餓了就在同學鄰居家吃飯；到了晚上，家庭主婦三三兩兩聚在一起聊八卦，沒在眷村生活過的人，無法體會眷村獨有的親切、溫暖，甚至封閉的感覺。我自己也算是眷村孩子，因此深深能夠體會那種滋味。

其中有一位在警備總部工作的叔叔，住在土城的台貿一村，我時常去他家玩，久而久之跟村裡的孩子都熟了，大部分孩子都能夠叫出我名字，我也常在村裡混吃混喝。我們這群夥伴中有兩個小孩同年同月同日出生，自幼天天玩在一起，巧的是上小學後還編在同一班，兩人感情好得像親兄弟一樣。

比較早出生的叫大帥，家中有四個孩子，父親是一位老士官長；小一點的叫毛毛則是家中獨子，父親官拜警備總部上校。兩個人成長過程，調皮搗蛋沒少過，舉凡捉弄女孩子、偷香腸、蹺課打撞球等，你所能想到的頑皮事都不在話下。大帥的爸爸因為家中食指浩繁，因此下班後還兼了一份工作，無暇顧及孩子的生活，所以大帥便時常到毛毛家吃飯看電視。在三、四年級時，有一天兩個人跑到三峽的大豹溪玩水，毛毛失足溺水，幸好被大帥救回來，為此毛毛的母親十分感激大帥，從此將他視為自己的另外一個兒子。

小學時兩人天天膩在一起，不過到了初中時，兩兄弟的生活出現了不一樣的改變；原本大帥不愛讀書，只是家教甚嚴，所以成績勉強維持及格，不過大帥的哥哥很早就出社會做生意，賺錢之後改善了家中經濟狀況，社會歷練豐富的哥哥也時常鼓勵大帥好好讀書，因而漸漸大帥開始認真向學，他的天資本來就不差，因此課業進步神速；反觀毛毛，雖然國小時名列前茅，是師長眼中的模範生，但是因為父親突然病逝，家道中落，跟著也失去了自信，開始自暴自棄，成績一路下滑。

國中二年級時，有一回毛毛蹺課到西門町看電影，因細故被他校的學生打了一頓，隔天鼻青臉腫地上學，大帥看到兄弟受辱，直嚷著要幫毛毛出口氣，所以每天放學後拉了一幫人到西門町尋仇。終於，有一天讓他們在中華路遇上對方的人馬，雙方立刻打起群架，路人見狀趕緊報警，一群人全部被帶回少年隊。

大帥的哥哥將他保出來之後，他父親大發雷霆，命令他跟毛毛保持距離。但父親也深知大帥講義氣，即使三令五申，大帥一定不肯完全斷絕與毛毛的關係，因此心中萌發想要將大帥送到軍校的念頭，一來父親身為老士官長，總是希望兒子可以當上將軍，彌補自己的缺憾；二來避免他誤入歧途。

同時，毛毛也知道大帥之所以被家長責罰全是因自己而起，為了贖罪，他找了村子裡和附近的孩子在土城的關帝廟成立一個小幫派，名喚「狂風幫」，成立的首要目標就是為大帥找回面子。

這一天毛毛趁著大帥父母不在的空檔，偷偷溜進大帥家，意氣風發地說：「下星期一我準備在放學的路上，堵那一群上次找你麻煩的人，跟我一起去，告訴我動手的是哪幾個。」

可是大帥想起父親的禁令，遲遲不敢答應，於是胡亂推說星期一不能去，毛毛從小跟他一起長大，見他支支吾吾的，當下明白他只是推拖。

於是毛毛下了最後通牒：「如果你不去，那好，我幫你報完仇之後，咱們兄弟一刀兩斷。」

大帥幾經考量，最後還是認為義氣比較重要。於是星期一放學時，大家各自趕往中華路的台北西站集合，耐心地在等待搭車的放學人潮中尋找仇家。等到對方頭頭出現時，毛毛立刻抽出隨身攜帶的扁鑽，衝上前去捅了對方一刀，隨著哀嚎聲起，車站登時大亂，雙方陷入混戰，沒多久警察趕到現場逮人，大帥趁亂逃走，但是毛毛和幫眾都被抓了起來。

大帥倉皇逃回家，媽媽見他制服被扯破、書包和帽子都不見了，驚訝地問發生什麼事？大帥只是搖頭不語。可是消息怎麼可能藏得住，很快就在村子裡傳開，隔天大帥的爸爸下班走到村口，便聽到大家議論紛紛，指證歷歷地說毛毛在台北西站殺了人，而且大帥還是幫兇。

大帥的父親一聽，不由分說直接衝回家把大帥綁了起來，一面打一面逼他吐實，但大帥仍是咬著牙不承認。沒多久，果然警察就上門了，在村口要求交出大帥。大帥的爸爸二話不說，跟著兒子到派出所，大帥進了拘留室又被警察用藤條狠狠抽了一頓，不過他忍著痛，不承認參與群架。

警方眼看逼供無效，只好改送台北市少年隊，由參與鬥毆的幫眾指認。由於集合時每個人抵達的時間不一樣，而且他們都是毛毛找來的，所以反而沒有人對大帥留下印象。輪到毛毛指認時，毛毛爽快地承認自己是主謀，並指著大帥說：「他是我村子的，但是他沒有來。」

大帥的爸爸在一旁聽了，深知毛毛為了維護自己兄弟的前途，所以一肩扛下所有責任，心裡五味雜陳。末了大帥平安回家，而講義氣的毛毛被關進感化院一個月。

雖然這次大帥全身而退，不過卻讓他父親加倍憂心大帥可能會走上歪路，所以召開了家庭會議，決定初中畢業後送大帥到桃園的第一士校，希望讓部隊嚴謹的生活訓練斷絕不當的交友圈，雖然大帥老大不情願，可是父命難違。

而毛毛自感化院出來以後，立刻就被學校給退學，開始輾轉各大公私立中學的浪人生涯。只是他仍不改習性，每到一個地方就開始招兵買馬，積極擴大狂風幫的勢力。

士校是一個階級分明、注重學長學弟制的地方，雖然大帥表現良好，不過學長很兇，有一回他與學長意見不合起了口角，晚上就被叫出寢室修理。校方對這種事早已司空見慣，也沒多加處理。可不巧的是，當週週六下午適逢懇親日，毛毛正好帶了一票狐群狗黨去探望大帥，只見大帥滿臉傷痕。雖然大帥隻字未提，可是他的同學卻漏了口風，說是被學長打的。

毛毛平生最恨自己人被欺負，急著問是哪一個學長動的手？同學偷偷指著站在會客室旁邊執勤的學長說：「就是他。」

二話不說，毛毛便衝上前去質問對方：「你為什麼要打我同學？出去以後給我小心一點！」

學長也不是吃素的，反嗆回去說：「你囂張什麼？搞清楚，這裡是我的地盤。」下一秒兩人扭打成一團，幫眾見狀趕緊上前助陣，士校的學生也不甘示弱，雙方多人掛彩。

事後軍方為了面子不敢大肆張揚，只將涉案學生送到警察局，而警方也知道軍方要息事寧人，所以草草做完筆錄就放了他們。不過對大帥來說事情大條了，因為肇事主謀是他的朋友，士校的校長特地通知大帥的爸爸到學校來，揚言要將大帥退學。

大帥父親一聽，撲通一聲直接跪在地上，淚流滿面地懇求校長網開一面，校長見到一位老士官長如此懇求，心中有些不忍，而且大帥的父親在警備總部還有些影響力，於是鬆口說：「其實這件事校方也有疏失，我們放任學長出手打學弟也有錯。這樣吧，校方可以給你兒子最後一個機會，第一，這一年的寒暑假禁假，留在學校出操；第二，日常成績必須名列前茅，萬一表現不好就立刻開除，如果你同意，我們立下切結書。」

其實大帥早就不太想留在軍校，可是他看到一生鐵錚錚的父親卑躬屈膝地哀求校長，眼淚也不由自主地流了下來，心中暗自決定再也不能讓父親受到如此屈辱，無論如何都要熬過這一年。

因為身處單純的環境，所以日子一久，大帥的觀念也逐漸改變，一心想要畢業之後保送到官校。而毛毛聰明善謀，展現過人的組織能力，高中一年級時，狂風幫已經成為台北黑道不可忽視的新興勢力。這年兩個人還見了幾次面，不過彼此都發覺兩人已經沒有交集了，只剩下舊日的情分。

到了大師進官校那年的寒假，毛毛熱情地邀請大師參加幫裡辦的舞會，起先大師不敢答應，但最後還是瞞著家裡獨自前往。那一天將近有兩、三百個人出席，現場放著最熱門的舞曲，大家盡情扭動，徹底發洩平日過多的壓力，可是噪音實在太大，因此隔壁鄰居難以忍受偷偷報了警，警察以擾亂安寧的罪名將全部的人統統抓進派出所，其中也包含大師。做完筆錄之後，警方要求大師提供家裡電話，通知家長來保人。大師遲疑地問：「可不可以不要打電話？」

「不行，一定要打。」

這時毛毛搭腔說：「他家的電話我知道。」說完即報出自己家的電話號碼。警方打過去，毛毛的媽媽接起電話，一聽到大師的名字就知道出事了，心領神會地說：「有有有！他是我兒子。」不多時，毛毛媽媽到警察局將兩人都保了出來。

等到一干人等都離開警察局，毛毛卻不急著回家，他和幾個幫眾覺得八成又是隔壁鄰居偷偷報警，才讓大家在過年期間搞得如此晦氣，一群人愈講愈激動，推測出最可能爆料的人家，準備狠狠地教訓他。大師好不容易脫離警局，一聽他們又要去打架，這回堅持不去。

毛毛說：「你不去沒關係，先別回家，還有下一攤，你先到冰果室等我。」

除了大帥，毛毛的女朋友婷婷也留在冰果室，兩個人有一搭沒一搭地聊天，大帥覺得婷婷很懂事，不像一般跟混混在一起的女孩子；而婷婷發現大帥身上充滿軍人的英武之氣，跟粗野的流氓大相逕庭，兩人愈談愈投契。

稍晚毛毛一群人回到了冰果室，準備繼續再到別的地方去玩，可是沒想到方才被揍了一頓的人早已報警，警察循線找到毛毛，一群人同一天內兩次進警局。頭一次妨礙安寧的罪名比較輕，這一回的傷害罪可嚴重了。輪到大帥做筆錄時，他搖搖頭說：「我沒去，你可以問婷婷。」其他人同樣證明這兩人是無辜的，因此兩人安然脫險。

出了警局，婷婷突然問：「能不能去你家借住一個晚上？」大帥一問才知她是逃家少女，眼看大過年沒地方去，大帥只好帶她回家。大帥的媽媽看兒子帶了女孩子回家，以為兒子終於交了女朋友，熱情地招待婷婷，大帥不好說出婷婷跟毛毛的關係，因此什麼也沒說，試圖瞞混過去。

當警方做完筆錄，開始通知涉案人的學校，其中當然包含大帥就讀的陸軍官校。校方打電話到大帥家裡求證，不巧讓哥哥接到電話，急著問大帥：「你昨天是不是跟毛毛在一起？這個女孩子又是哪裡來的？」

大帥被逼急了，只好承認婷婷是毛毛的女朋友。這下子父親和哥哥都翻臉了，直指婷婷會跟毛毛在一起，肯定不是良家女孩。雙方愈吵愈激烈，婷婷氣得奪門而出，大帥也懶得跟家人溝通，年假也不休了，直接打包行李回到學校。

不過壞事還沒結束，一回到學校，校方認定大帥的行徑有辱校譽，企圖逼他轉學。可是大帥向聯隊長坦承當天事情的始末，強調自己的清白，聲明自己無論如何都要讀完軍校，校方被大帥的誠意感動，便將處分改為留校察看，事情才告一段落。四年後大帥終於順利從陸軍官校畢業，繼續邁向他的目標——將軍之路前進。

但是毛毛可就沒這麼幸運，因為前科累累，他直接被送到監獄裡蹲了將近一年，還沒念完專科就輟學了。出獄之後他開始幫幾個大哥做事情，從中學到許多走跳江湖的眉角，例如賭場、酒店等聲色場所的營運，三年內陸續又進出監獄一、兩次。

而就在大帥從官校畢業的那一年，毛毛因為涉入地下賭場被捕，警方將其提報流氓，送至台東岩灣監獄管訓，道上的人都戲稱「岩灣大學」，只要入學進修過，終身脫離不了黑社會。

大帥自官校畢業後，馬上分派到馬祖當兵，從排長一路升到連長。因為他頭腦好，外語能力強，反應迅速，所以被國防部特別挑選進陸軍情報學校深造。爾後大帥自己也念出了興趣，最後以優異的成績被送至美國受訓一年，回國後進入情報單位，大約十年左右就升到了中校，成為國家重點培養的情報人才。

同時間，毛毛在岩灣大學就學期間視野大開，什麼賭棍、扒手、騙子、大哥齊聚一堂，各方人馬的絕技學得十足十。他將獄中所見所聞融會貫通，畢業之後整合人脈資源，召集所有幫眾，以企業化經營的方式，吃下台北市中山區一帶賭場、聲色場所的生意。當時正值民國七十幾年經濟起飛時期，各行各業蓬勃發展，黑道也趁勢崛起，短短數年間，毛毛成為全台赫赫有名的外省幫會總瓢把子。十年之間，兩兄弟在人生旅途上各自精彩，只是從來沒有再見過面。

直到有一天，一位台北市重量級的民意代表舉辦一場餐會，廣邀黑白兩道各路人馬赴宴，陸軍台北市情報單位也收到請帖，大帥奉長官的指示代表出席。無巧不巧，兩兄弟竟被分在同一桌，熟人相見，心中別有一番滋味，大帥因為工作需求，時常收到關於毛毛在黑道的情報，深知自己的兄弟是大名鼎鼎的黑道中人物。但礙於身分無法曝光，大帥推說自己在陸軍十軍團擔任聯絡官，奉長官之命前來。

兩人邊吃邊聊，年幼時熟悉的回憶湧上心頭，毛毛問大帥：「待會兒吃完飯，到我那裡聊一聊？」大帥對這個弟弟的要求無法拒絕，幾番掙扎後還是答應了。

當天毛毛在林森北路的酒店大開筵席，廣邀所有幫裡的幹部一起共襄盛舉，兩人一進酒店，毛毛興奮地向所有人宣布：「各位，他是我自己的大哥，今天晚上不期而遇，我實在太開心了！大家一起來慶祝！」

大帥驚訝地看著一個個端起酒杯的面孔，每一位都是單位裡登記有案的大人物，現場簡直是黑道的明星大會，他想起還沒和長官報備，暗自決定要與眾人保持距離，於是向毛毛要求關室密談。兩個人在包廂裡談起這幾年的變化，大帥提醒毛毛說：「據我所知，你已經被列入一清專案，只要專案啟動，肯定會入獄。最近還是小心一點。」

毛毛灑脫地說：「將軍難免陣上亡，瓦罐難離井上破。既然我當黑道，被抓進去蹲是必然的，而且進去了不比在外面差，我照樣做大哥。我既沒走私，也沒販毒，頂多關七、八個月，就當去度假，出來以後我的勢力還會更大。老天對我不公平，讓我從小沒了爸爸，現在我注定要幹黑幫幫主，這樣的生活正是我要的。」大帥聽了，一時間不知如何規勸這個弟弟，乾脆避開話題，兩人聊起童年時光，喝得大醉而歸。

回到單位之後，長官立刻找來大帥問話，大帥和盤托出。長官見大帥十分坦誠，提醒他特別留意，要是毛毛犯了大案，一關一定就是十年、八年。自此大帥戒慎恐懼，只要毛毛打電話來，他刻意不接，等到他升到上校，毛毛已經進出監獄三次了。但正如毛毛自己所言，每深造一次，他的勢力就愈大，有別於一般傳統外省掛的大哥莽撞個性，手上有錢就花掉，毛毛懂得投資經營事業，日後儼然成為橫跨外省和本省的黑道大哥。

日後大帥的因工作表現優異，接下駐印尼情報官的職位，當時印尼的華僑分兩派，一派是親共，一派親台，兩派私下角力不斷。這一年發生了排華暴動事件，許多華僑的財產被劫掠一空，生命受到威脅。左派的華人行賄印尼政府，藉機逮捕一位台灣僑界領袖，當地華僑動用無數關係，印尼政府說什麼也不肯放人。因此華僑改向台灣政府反映，希望政府能出面協調。

由於華僑的勢力龐大，總統甚至親自下令要求陸軍情報局解決這件事，情報局長官不知道該怎麼辦，開了幾場會，最後結論還是要親自跟左派的華僑領袖談判，於是派了大帥前往斡旋。對方也爽快地承認人在他手上，而且還挑明了說，若是被抓的人不同意重新讓出華人學校的勢力範圍，就準備關到死為止。強硬的態度讓台灣當局十分頭疼。

情報局長查出左派領袖的堂哥是台灣的黑道大哥，又發現這位大哥與毛毛的關係良好，若能說動毛毛出面派這位堂哥去溝通，應該有把握可以將人救出來。毛毛收到訊息，立刻開出交換條件，除非政府保證他和他的幹部未來不會再進岩灣，否則免談。

這事情報當局當然作不了主，跟著上報到高層，但高層同樣給打了回票。眼看情勢緊迫，局長想起大帥與毛毛私交甚篤，於是打電話叫大帥立刻搭機回國，要他跟毛毛碰面，由他搞定這件大事，並暗示事成之後專案提報大帥升任少將。

大帥不敢怠慢，回國後立刻打電話找到毛毛相聚，毛毛一口答應，他找了幾個親信，在統一大飯店設宴為大帥接風。席間大帥向毛毛提出要求說：「能不能幫我們解決一下，只要印尼僑領被放出來，我的任務就完成了。」

「我們已經跟你的長官提過，只要保證我們這幾個人以後都不用進岩灣，一切好談。而且口頭承諾不夠，一定要留下書面證明讓我們當保命符。不然等到我們沒有利用價值之後，再把我們統統抓起來。這種過河拆橋的事國民黨可沒少幹過！」

「長官絕不可能寫這種書面協議，不過我個人向你擔保。」

此話一出，毛毛認真盯著大帥瞧，爾後嚴肅地說：「我明天給你答案。」

隔天，大帥依約接到了毛毛的電話，電話那一頭冷靜地說：「弟兄一場，我相信你。」

於是毛毛立刻帶了兩個兄弟到雅加達，約見左派的領袖。只是談了兩個晚上雙方還無法達成共識，其中一人深感不耐，決定要給對方多一些壓力，最後將對方押到飯店外面，往左小腿開了一槍。對方這才知道毛毛一行人惹不起，立刻打電話給印尼主管機關，要求放人。

任務圓滿達成，毛毛和兄弟正要搭機返台，可是被打傷的華僑已經報警。三個人在機場被逮捕。他們供稱一開始已經跟左派的領袖談好交易條件，只是槍枝不慎走火，絕無蓄意傷人之意。不過印尼當局當然不肯善罷甘休，準備祭出重刑。按照情報局在印尼的勢力，毛毛覺得胸有成竹，一定可以安全下莊。

聽聞此事的大帥，也趕緊火速向長官稟報，希望高層能幫毛毛脫困。豈料長官竟說：「反正人已經救出來了，讓他們自生自滅就算了。」大帥一聽不妙，立刻飛回台灣向長官面報，他激動地說：「我已經答應毛毛了，怎麼現在翻臉不認人呢？」

沒想到長官竟冷冷地說：「你答應是你的事，我們以國家為重。如果你承認，表示情報局跟黑道私下勾結，要是被爆料出來，不但國內批評的輿論擋不住，我們兩個的官都不用當了。」

大帥心灰意冷地到印尼面會毛毛，低聲轉達長官的意思，毛毛大吼：「當初因為你的保證我才答應幫忙，如果在台灣，我頂多進岩灣蹲一蹲，現在在印尼，弄不好就槍斃，你他媽的要想辦法把我弄出去！」

大帥左右為難，只能設法營救自己的兄弟，他花了很多心力到處疏通，最後毛毛等人被判刑一年。不過毛毛還是不能接受，屢次找人向大帥施壓，大帥無計可施，只能時常去探監，安撫三人的情緒。

等到三個人服刑期滿，準備回到台灣，大帥又接到有關當局的指示，由於三人在國外的不法行徑有辱國家尊嚴，只要回到台灣，立刻接著也要入獄服刑三年。此時大帥實在不能再接受高層出爾反爾的手段，可是萬一他提醒毛毛，依毛毛的個性，一定會找新聞記者爆料，妻子會愈捅愈大，還賠上大帥和長官的仕途；大帥私下安慰自己，毛毛總要回到台灣，他進出監獄多次，不差這麼一次，所以昧著良心沒告訴毛毛。

臨行之日，大帥在雅加達機場笑著送毛毛三人登機，等到飛機一落地，警察已經在機場擺好陣仗了。

毛毛見到大批警力，當下發現自己被出賣了，可是被自己兄弟出賣還有什麼好講的，只能認了！不過大帥的心裡卻十分內疚，因此決定調回台灣，還多次向長官提出讓毛毛一行人假釋出獄。只是長官依舊說：「他們能關幾年是幾年，這件事我認為最好不要讓人知道。如果你要插手，前途肯定不保。是保護兄弟還是保護自己，你自己做決定。」

大帥心中的壓力壓得他喘不過氣，最後鼓起勇氣面會毛毛，當面向他坦承：「兄弟，是我出賣了你，但是政府要求你犧牲，你就得犧牲，所以我無能為力。」

毛毛拍桌大罵說：「你不讓我出去？好，我會把前因後果全部寫下來，投書媒體讓全台灣都知道這件事，你們所有人準備跟我一起死吧！」

大帥近乎懇求地說：「拜託你，大家兄弟一場，我一定盡量想辦法讓你少蹲幾年，你不要再提這件事了，這樣對我們都沒有好處。」可是毛毛在黑道中打滾，講的是利益關係，哪可能跟大帥談條件，他下最後通牒說：「我只等你一天，如果明天沒有得到答案，我會透過黑道的網絡昭告天下，我說到做到。」

大師回到辦公室，半天說不出話。末了，他提筆寫了一封信，信中描述兩人自幼相識的過程、他救了毛毛一命的恩情，因為毛毛在印尼為了他枉坐了一年牢算是扯平了。但讓自己兄弟坐冤獄卻使他難以原諒自己。雖然他用了職務關係，讓他們在印尼獄中輕鬆一些，可是自己的心裡仍十分內疚。如今發生這樣的憾事，希望毛毛看在往日情誼，不要把這件事擴大。

他仔細地把信封入信封，交給秘書，叮嚀明天中午之前一定要把信送到毛毛手上。隔天凌晨五點時，大師就在辦公室內舉槍自盡。

當秘書到監獄裡把信交給毛毛時，毛毛狐疑地拆開信封，看完之後覺得於事無補，心煩意亂之餘兩三下把信扯個粉碎，狠狠地說：「叫大師親自來見我，我他媽跟他攤牌！」

「他自殺了，這是他的遺書。」

毛毛當場癱坐在椅子上，往事一幕幕翻過腦海，他混了一輩子江湖，為哥哥出過好幾次頭，沒想到這一次竟是親手逼死自己的哥哥。

最後，毛毛乖乖地坐了三年牢，絕口不提當年的事，出來之後毅然金盆洗手，在土城開了一間牛肉麵館，菜單中最頂級的招牌叫「大帥牛肉麵」，料多餡足湯頭棒，價格卻低於成本，賣一碗賠一碗。

道上兄弟不斷地問他：「大哥，你怎麼甘願放下大半江山，跑來賣麵呢？」他總是意味深長地笑說：「我這一輩子被關怕了。」

其實，許多生長在眷村的孩子們往往都不約而同地走向這兩條宿命，當兵或則當流氓。大帥與毛毛正是眾多眷村兄弟遭遇的寫照。這段台灣社會過往的雲煙包含著多少外省孩子的無奈。

長記輪船

當年在山東地方的人都知道，日照縣裡住著兩大首富：一位是大地主劉武端先生，他的家族自前清起便掛著千頃牌，意思是家族土地太大，占地一千頃，因此不繳地方稅，直接向中央納稅；另外一位則是靠航運起家的賀金錕，賀金錕擁有兩艘帆船，在外地與青島之間運送貨物，累積了不少財富，日後當他的兒子賀仁菴自讀完私塾以後，也順理成章地留在家裡幫忙。不過說是幫忙，其實整天吃喝玩樂的份多。

民國建立沒多久，賀仁菴打算到日本闖蕩，於是開口向他父親借錢，不過父親認為他平時正事不幹，淨交一些三山五嶽的朋友，活脫脫是一個公子哥兒，即使到了日本，也只是換個地方揮霍，因此斷然拒絕。

但沒想到賀仁菴得不到父親的贊助，竟然想出了調虎離山之計，他先找上一位父親的熟人說：「大叔，縣長要找我父親談些事情，可是這兩天我跟我爸有些彆扭，我不想直接跟他碰面，您能不能幫忙轉達一下，請我父親去找縣長？」

這一位長輩不疑有他，立即幫忙傳話。賀仁菴的父親一聽，自然二話不說搭上馬車前往縣城。賀仁菴見父親前腳才出門，後腳立刻就跑到櫃檯跟掌櫃說：「我父親要我支五千塊大洋去上海辦貨。」掌櫃信以為真，將銀票交給賀仁菴。等到他的父親發現上當時，賀仁菴早已溜到上海搭船前往日本了。

到了日本以後，正好遇上日本造船業大蕭條，許多造好的船隻找不到買家，價格一落千丈，只消二十萬大洋訂金就能買下一艘輪船。賀仁菴深知機會難得，但是摸摸口袋，五千塊大洋已經花了一部分，上哪兒去湊這筆錢呢？饒是初生之犢不畏虎，於是大搖大擺地走進日本的銀行，自稱是上海輪船公司的採購，前來日本買船。憑著三寸不爛之舌，竟然說服銀行經理貸給他二十萬，買下第一艘輪船，開始經營日本往返青島的航線，取名叫「長記輪船行」。生意好得不得了，船船滿載，於是隔年又添購了一艘，成為開闢日本與青島航線的第一人。

這下賀仁菴總算是衣錦還鄉，就連他的父親都刮目相看。而一回到石臼所，賀仁菴看家中的帆船載貨量少，速度又慢，根本比不上輪船，索性再開闢從石臼所到青島、青島到上海的航線，時間一久，逐漸取代父親原本經營的航運，到了最後，他父親甚至乾脆把兩艘帆船賣了，參加他公司的股份。

隨著時間拉長，長記輪船行日益茁壯，很快就從山東最大的輪船公司，一躍成長為華北首屈一指的航運巨擘，航線橫跨東北、韓國、日本與上海等地，全盛時期旗下擁有二十多艘輪船，成為了航海霸主。

然而，賀仁菴的傳奇事蹟並不是因為建立了龐大的航運王國，而是在抗日戰爭之前，他能夠與日本人保持緊密的商業合作，一到戰爭爆發時，卻能全力支持政府抗日。

一九三七年七七事變爆發後，八月分日軍在青島外海集結，青島市長沈鴻烈依照中央指示，下令所有航商犧牲商船，沉塞於航道，阻止日軍登陸，日後政府負責賠償。當時賀仁菴二話不說，一口氣就在航道上沉了七艘船，一點都不感到可惜，如此愛國心實在令人敬佩。

但也因為他抗日有功，所以日後蔣介石先生對他青睞有加，給了他很多商業優惠，得以大展拳腳，將航運拓展到馬來西亞、日本、新加坡等東南亞航線，過了幾年的風光日子。只是這樣的好日子沒過多久，不料之後國共內戰爆發，賀仁菴先生選擇與國民黨站在同一陣線，誰知道這竟是噩運的開始。

在當時，政府時常無償徵調船隻運兵、運糧、運難民，連燃料費和船員的工資都由賀仁菴自己負責；而後來國民黨節節敗退，賀仁菴更被迫逃離家鄉。最後當共產黨占領日照之後，一連舉辦了兩場全山東最大的鬥爭大會，第一個就拿大地主劉武端開刀，由於劉武端家大業大，多少幹過一些強娶民女、侵占土地等壞事，最後罪狀洋洋灑灑列了一百多條，還被判了死刑，下場悽慘。

第二場就輪到了賀金錕先生，可是他一生沒做過壞事，平時樂善好施，兒子賀仁菴更是鼎鼎有名的抗日英雄，台下的群眾鴉雀無聲，一些不明就裡的仇富分子為了建立威信，硬是將他扣上惡霸的帽子，一陣混亂之間判了槍斃。這個結果也讓賀仁菴吃了秤砣鐵了心，跟著國民黨到了台灣來。

豈料到了台灣之後，命運竟是加倍悲慘。賀仁菴為人耿直愛國，時常出船運送政府的地下人員到浙江、福建等地，過去在沙崙海水浴場有一座水泥棧橋，正是情報人員上船之處。原本一切都很順利，可是有一年出海的船隻竟然失去聯絡，經過查證，原來是整艘船的情報人員叛變投共，蔣介石大怒，於是將賀仁菴軟禁在新竹，然後所有的船隻與財產統統充公，想當然當初在青島沉船的賠償也跟著遙遙無期。時至今日，他的兒女還在為父親翻案而努力奔走。

一位為國盡心盡力的商業鉅子，居然被政府搞到家破人亡，真是讓人始料未及。

賀仁菴先生另外有一個功績：民國三十九年，日照難民到了基隆居無定所，由於不是軍眷，政府也不會幫忙安置，只能在街頭陋巷找尋一方遮風避雨的角落勉強度日。賀仁菴先生與當時的山東省省主席，各拿出五萬塊錢，合力蓋了齊魯新村，安置了三百多口人，算是救了這批難民的性命，不過這件事又是後話了。

劉大爺炕餅

我自小在多雨的基隆長大，作育我的齊魯新村就座落於東明路上台灣肥料工廠旁邊的小巷裡，因為大夥兒思鄉逾恆就以「光華巷」當作村子的代稱。

這裡的村民多半出身難民，從事各式各樣基層工作為生。其中巷子口住著一位專賣炕餅的劉大爺，他時常穿著不合身的襯衫，左右腳套著花色不一的襪子，腳下蹬著不成對的皮鞋，總之渾身的行頭都是撿來的，甚至有一回還罩著一件建國中學的學生外套，模樣著實滑稽。劉大爺成天只知道聽著收音機打炕餅，偶爾拉拉二胡，唱著不知重複多少次的老調，除此之外啥也不知，活脫脫是個大老粗。

由於劉大爺不像其他叔叔伯伯喜歡講大道理，總愛跟小孩子開玩笑，逢年過節還會發發壓歲錢，因此我們這些小蘿蔔頭很喜歡到他店裡瞎攪和，只見他不時在麵板上和麵、發麵、揉麵，再將麵團擀成一張張大餅，接著拿起刻著圖案的木頭章，在麵皮上摁出奇異的圖騰，最後塞進烙餅的爐子……每天都看他忙得滿頭汗，彷彿打完一套特殊的武功套路似的。劉大爺總會一面跟我們說著鄉野奇譚，一面指派我們七手八腳地添柴火，收音機裡傳來咿咿呀呀的京劇聲，老的小的聊成一團，不多時，空氣中逐漸瀰漫熱騰騰的麵香，一張張烙餅便告出爐。

劉大爺平時固定在新世界戲院門口擺攤，在我讀小學時只要嘴饞想吃炕餅，就到他的攤子邊大爺長、大爺短的哈拉幾句，自然有香噴噴的餅可以吃。有一年暑假他竟消失了好幾天，讓我好生納悶，之後才從父親那裡得知劉大爺生病了，不久後便奉父親之命叫我有空時去當劉大爺的看護，因此後來我幾乎每天都到餅舖做幫忙打掃、燒茶之類的工作。

每回到他房裡，總會見到床頭上擺著一個小木箱，看起來劉大爺十分珍惜，卻從沒見他打開過。有一回我終於忍不住提問了：「大爺，這個箱子裡裝著什麼寶貝？」

劉大爺揚了揚手說：「你拿過來，我開給你看。」

我隨手一拿，沒想到箱子還挺沉，等劉大爺掀開箱蓋，只見裡面除了幾封零散的家書，其餘盡是金元寶、銀元寶和袁大頭。

我吃驚地問：「這麼多錢就擺在床頭上？你不怕被偷啊？」

「嘿嘿，這麼破爛的房子，哪個小偷會看上眼？」

我一聽頗有道理，接著問：「大爺，你省吃儉用存下這麼多錢，準備要幹什麼？」

「當然是準備回老家，把以前的土地全部贖回來。」

「是嗎？你家裡有多少地？」我看著家徒四壁的破房子懷疑地問。

劉大爺眼睛發亮地說：「嘿嘿，我老家的土地多到走三天都走不完。」

「這麼說你家裡很有錢啊！後來這些土地跑哪裡去了？」

「年輕的時候愛賭錢，輸掉不少地，還有後來為了做生意，也賣了不少。」他拍拍木箱子說：「我總是惦記著那些地，所以來台灣才努力攢錢，以後要一塊一塊地買回來。」

「你在老家也是孤家寡人嗎？」

「什麼，我早結婚了，還有兩個孩子呢！」

「怎麼沒把他們帶來呢？」

「唉，當年逃難差點沒命，根本來不及帶啊！」

「劉大爺，您當年是怎麼逃來台灣的？」

爺兒倆話匣子一開，往事猶如烤好的炕餅一個個蹦了出來。劉大爺家境富裕，十七、八歲時到青島求學，不過年輕人玩心重，書沒讀多少，三山五嶽的朋友倒是交了很多，而後抗日戰爭爆發，父母希望他先別回家，於是劉大爺乾脆在青島落戶，做起了南北雜貨的生意。

當時受到日軍侵華影響，全國民族意識高漲，劉大爺也跟著參加了中統局青島支部的抗日活動，潛伏在青島市裡面，接受專業情蒐訓練。可惜剛開始沒多久就被日本憲兵隊逮住，日本人施以嚴刑拷打，可是打了半天也問不出個所以然，日軍看他年紀還小，索性把他留在監獄裡當雜役。正因如此，劉大爺因禍得福，開始幫助被捕的抗日分子與外界互通有無。

有一回，一位中統局的中級幹部被捕下獄，他趁四下無人之際喚來劉大爺，連夜用針在他的背上刺了二十四組數字密碼，要他趕去青島某個地下組織的聯絡處找一位鄧上校。而這一份關鍵情報順利傳遞出去之後，對於山東的戰局大有助益，日本人想破了頭都搞不清楚情報是怎麼洩漏的。

說到這裡，劉大爺轉身就掀起了衣服，背上真的刺著一串密密麻麻的密碼，他說：「我根本看不到刺了什麼，所以就算被抓了，也無從洩漏。而且話說回來，日本人怎麼防得了人皮電報這一招呢？」

後來，劉大爺更奉命前往煙台，肩負將密函送至日軍情報部內應的重責大任，當時他為了避免得來不易的情報被搜出，毅然就將肚皮的皮膚給切開，把信縫進皮膚裡，以求安然通過日軍的檢查哨。接著，他假扮擦鞋僮在日本憲兵部門口假意做生意，暗地留心進出人士，待內應出現時，便將作為招牌的皮鞋擺成特別的擺法，內應看了心領神會，就會示意要劉大爺跟著他到辦公室擦鞋。

待辦公室門一關上，劉大爺立刻就拿出小刀，掀開衣服下襬，割開肚皮上的縫線，取出密函交給內應。我看著劉大爺肚皮上的傷口，大小與一塊撒隆巴斯的貼布相仿。雖然他只是一位在基層跑腿的情報人員，但是為了國家犧牲至此，令人肅然起敬。

此時，我瞄到劉大爺手臂上有一個圓形的疤痕，順口問了一句：「大爺，這個疤又是怎麼留下的呢？」

劉大爺悠悠地說：「唉，這是我和我老婆相遇的關鍵吶。」

那天晚上，劉大爺在睡夢中被一陣破門聲驚醒，原來青島的情報機構被日本人破獲，憲兵隊上門抓人，在一陣慌亂中，他趕緊逃進彎曲的巷弄中，身後的追兵喊聲和槍聲齊響，因此他的手臂就負了傷。他忍痛翻進一座大宅院裡，驚動了房子的主人，劉大爺摀著槍傷向主人說：「幫幫忙，我是國民黨的特務，讓我躲一躲，別向日本人供出我在這裡。」

而當屋主還在猶豫的時候，另一頭就傳來震耳急促的拍門聲，屋主只好去應門，只見憲兵隊一臉凶相地提著槍，質問有沒有看到可疑人物？主人作勢揉揉眼說啥也沒看見，將日本人打發了。

劉大爺看危機解除，終於鬆了一口氣，一聊之下才知道該宅的主人雖然在偽政府當官，但是心中不齒日本人的作為，因此主人不但連夜找醫生來包紮，而且派了一名女傭照顧劉大爺的傷勢。由於傷口發炎引發高燒不退，劉大爺整整昏迷了五天。到了第五天醒來，才發現女傭人滿眼血絲地守在一旁，一問才知道她為了照顧自己，竟然跟著五天沒闔眼。

劉大爺大受感動，待傷勢好轉之後便鼓起勇氣向屋主提親，屋主也被亂世中的兒女情懷所打動，點頭同意雙方親事。日後劉大爺與太太共同逃往濟南，一面在戰火中求生，一面投身抗日情報工作。

徐蚌會戰之後，國民黨被共產黨打得灰頭土臉，中統局分崩離析，劉大爺的諜報身分不但曝了光，還被共產黨抓到江西，共產黨更逼迫他供出濟南地區國民黨中統局組織同志名單，命他策反所有人員。

劉大爺當然抵死不從，但是若不聽命行事，家人還得受到牽連。於是他與太太反覆商量，決定忍痛與妻小分離，在一個月黑風高的夜晚，趁著夜色掩護夫妻倆施了一招調虎離山之計，兩人相互換裝，再分走不同路線。此計果然成功，共產黨黨工跟蹤到他太太，讓劉大爺順利逃往火車站，搭車南下廣州，加入國軍四十九軍部隊，一路跟著大軍從海南島移防到澎湖，最終在基隆落腳。只是遠方的妻小生死未卜，即使掛念也無能為力。

「那您到了台灣之後，怎麼開始賣炕餅呢？跟誰學的？」

「嘿嘿，當初在濟南開始搞情報的時候，上頭的人訓練我擺攤做炕餅。我不是每次都在炕餅上蓋圖案嗎？」劉大爺指著麵板上幾個木頭章，「其實每個圖案都是暗號，賣給一般老百姓的餅便壓上無關緊要的圖案；要是有聯絡人來收消息，我就換上蓋了特定密碼的炕餅。只是沒想到來了台灣之後，情報工作全擱下了，可是卻靠著這一手功夫餬口。現在你看這幾個餅沒啥了不起，以前可是攸關勝利的情報炕餅啊。」

過去逃難來台的人對於「反攻大陸」四個字深信不疑，甚至已成了生活的中心思想。雖然劉大爺的妻小行蹤不明，可是他總盼著有一天與家人重享天倫，為此他風雨無阻地賣炕餅，生活極度節儉，不喝酒也不賭博，除了逢年過節給小孩子零用錢之外，其餘的全部存下來，只為哪一天返鄉時能好好補償家人，但誰知日子過著過著，竟是一場遙遙無期的美夢。

有一天，劉大爺撿到了一把斷了弦的二胡，他不知上哪兒找人修好了，一有空就聽著收音機裡的京劇廣播照貓畫虎，誰知道經過一陣胡亂摸索，竟然也讓他無師自通學成了。從此之後，他便常常一面拉二胡，一面唱戲自娛娛人，久而久之，劉大爺躋身為京劇票友裡的二胡第一把手，只要票友公演時，肯定邀他拉二胡伴奏。

有一年大年初三，我和父親去基隆市中正堂聽復華京劇團演出的《四郎探母》，劇情講的是北宋楊四郎楊延輝一去番邦十五載，思母心切，終於說服代戰公主盜來令箭，出關夜返宋營，與母親佘太君相聚的感人故事。

當天台下坐滿了各地來的老榮民，劉大爺搖頭晃腦地拉著二胡，當佘太君與十五年未謀面的兒子楊四郎相會之際，佘太君張口唱出：「一見嬌兒淚滿腮……」劉大爺手上二胡的弦應聲而斷，他樂器一扔，不顧一切地嚎啕大哭，而台下觀眾當初喊著「反攻大陸」喊得震天響，可是幾十年來想家的情緒始終未曾解開，如今最後一絲理智同時繃斷，無論認識還是不認識，大夥兒抱頭痛哭，現場哀鴻遍野，這場戲終究沒唱完，嚇得我不知如何是好。

等到我高中輟學到當舖當學徒時，某天回家聽父親說劉大爺得了肺癌，已住進基隆市立醫院，醫生說情況並不樂觀，於是父子二人趕緊前去探望。病床上的劉大爺臉色枯黃，床邊擺著時常把玩的二胡，父親問：「有什麼我們能幫你辦的事情沒有？」

「也沒什麼，只是我存下來的那些錢能留給我的太太跟兒子，還有希望我兒子能夠到我的墳前燒一炷香，這樣我就心滿意足了。」

雖然難度頗高，但是父親還是點了點頭說：「好，我會盡量幫你的忙。」

劉大爺自知時日無多，仍笑著安慰我們說：「唉，別難過了，悲歡離合我們都見多了。」他顫巍巍地取來二胡，隨手拉了一段《打漁殺家》。

二胡的聲音本就悲涼，這一刻更是拉出了生死的隔閡。一曲奏罷，劉大爺說他得歇一會兒，要我們先回家，沒多久他就睡著了，這一睡再也沒醒來。

一直到又過了十年左右，政府開放兩岸交流，我父親回到青島探聽劉大爺妻小的下落，幾經輾轉，才知道劉大爺的妻子早已去世，而當時只有四歲的兒子和一個尚在襁褓中的女兒，如今兒子在湖南擔任小學校長，女兒嫁給青島市的一名小職員。

當年劉大爺在台灣省吃儉用存下來叮囑的錢，早已交給他的同宗鄉親共同保管，而現在終於查出兒女的所在地，看來劉大爺的遺願終能實現。父親還進一步到退輔會交涉，希望能讓劉大爺的骨灰落葉歸根。最後主管機關網開一面，特准父親將骨灰裝入小木盒中，當成行李出關。

劉大爺的骨灰回家的那一天，他的兒子與女兒帶著全家族跪在馬路兩旁，迎接漂流在外幾十年的老爸爸回家。有一次，我將劉大爺臂上彈孔、肚皮上傷疤與背後二十四組密碼的事說給他的兒子聽，算是替這一位犧牲了一生的情報人員留一份紀念。他兒子也說，因為劉大爺抗日英雄的身分，終於也使得他們一家人都深感光榮。

口後，劉大爺的往日事蹟也以「抗日英雄」為題登上了台灣的雜誌，這一位在大時代裡浮沉的小人物，百年之後總算撥雲見日，可是還有很多與其身處同一時代的叔叔伯伯，盼望與家人團聚盼了一輩子，卻只能像一場永遠不實現的夢。

那個年代，這些惦記

我和他們的相遇與交會，還有留下的故事

作　　者	秦嗣林
文字整理	王上青
責任編輯	何維民

版　　權	吳玲緯
行　　銷	闕志勳　吳宇軒　陳欣岑
業　　務	李再星　陳紫晴　陳美燕　葉晉源
副總編輯	何維民
總 經 理	陳逸瑛
編輯總監	劉麗真
發 行 人	涂玉雲
出　　版	麥田出版 104台北市中山區民生東路二段141號5樓 電話：（886）2-2500-7696　傳真：（886）2-2500-1967
發　　行	英屬蓋曼群島商家庭傳媒股份有限公司城邦分公司 104台北市中山區民生東路二段141號2樓 書虫客服服務專線：(886)2-2500-7718；2500-7719 24小時傳真服務：(886)2-2500-1990；2500-1991 服務時間：週一至週五09:30-12:00；13:30-17:00 郵撥帳號：19863813　戶名：書虫股份有限公司 讀者服務信箱E-mail：service@readingclub.com.tw 麥田部落格：http://blog.pixnet.net/ryefield 麥田出版Facebook：http://www.facebook.com/RyeField.Cite/
香港發行所	城邦（香港）出版集團有限公司 香港灣仔駱克道193號東超商業中心1樓 電話：852-2508-6231 傳真：852-2578-9337
馬新發行所	城邦（馬新）出版集團【Cite (M) Sdn Bhd.】 41-3, Jalan Radin Anum, Bandar Baru Sri Petaling, 57000 Kula Lumpur, Malaysia. 電話：(603) 9056-3833 傳真：(603) 9057-6622 Email：service@cite.my

印　　刷	中原造像股份有限公司
書封設計	巫麗雪

二版一刷	2023年2月
定　　價	299元
I S B N	978-626-310-375-7

國家圖書館出版品預行編目資料

那個年代，這些惦記：我和他們的相遇與交會，還有留下的故事／秦嗣林著. -- 二版. -- 臺北市：麥田出版：英屬蓋曼群島商家庭傳媒股份有限公司城邦分公司發行, 2023.02
　面；　公分
ISBN 978-626-310-375-7（平裝）

863.55　　111019857